Halte au feu !

Le Merle Moqueur
38, avenue Victor Hugo
93120 La Courneuve

en couverture,
image de Thierry Sarfis

Halte au feu !

Anthologie multilingue
Chaîne mondiale des poèmes pour la Paix

POETS OF THE PLANET
THE INTERNATIONAL NETWORK

Faisons la chaîne pour la paix

Dans les premiers jours du déclenchement de la guerre en Ukraine, sous le coup de l'émotion et de la colère, j'avais écrit un bref poème intitulé « Halte au feu » :

On ne veut pas savoir
qui a la plus grosse !
Messieurs,
Rangez votre artillerie !
Ici, sur cette Terre
il y a des enfants.

Grâce à l'immense filet de neurones électroniques que forme Internet, ce petit poème s'est répandu, « comme une traînée de poudre », et a été traduit en de nombreuses langues, aux quatre coins du Globe. Cela m'a donné l'idée de proposer à mes amis, au sein du mouvement mondial des poètes, de lancer une « Chaîne mondiale de poèmes pour la paix ».

Le nouveau « désordre mondial » s'accompagne d'une multiplication des guerres un peu partout sur la planète. On recense plus de 56 conflits dans le monde.

Aux lisières de l'Europe, le conflit entre l'Azerbaidjan et l'Arménie, le feu qui couve toujours au Caucase... La Syrie, bien sûr, dévastée par une guerre de quinze ans. Le Liban, toujours meurtri, la Libye déchirée. Le Yemen où l'Arabie saoudite poursuit sa guerre avec les armes vendues par la France, dans l'indifférence générale des médias occidentaux. Parmi les affrontements les plus meurtriers : plusieurs guerres en Afrique, au Soudan, au Sahel, au Congo, dans la région du Tigre, en Éthiopie...

Et évidemment la tragédie qui se poursuit en Palestine et en Israël (un millier de morts le 7 octobre, selon l'État israélien et près de 40 000 dans la Bande de Gaza, dont plus de 14 000 enfants selon le ministère de la santé gazaoui et l'ONU).

Nous avons ainsi au fil des mois publié quasiment chaque jour un poème sur la page Facebook du Merle Moqueur. Et ces poèmes, présentés dans leur langue originale et en traduction, ont été repris dans d'autres pays, sur les pages Facebook d'autres groupes, ainsi que sur la page centrale du Mouvement mondial des poètes.

Celui-ci ayant éclaté lors de son congrès de Caracas, en juillet 2023 (la question de l'action pour la paix ayant, paradoxalement, été la cause principale du conflit !), un nouveau réseau mondial de poètes s'est lancé : *Poets of the Planet* (POP) / *Poètes de la Planète.* Et ce réseau a repris le flambeau.

C'est maintenant près de 300 poètes, de soixante pays et des cinq continents, qui ont participé à cette Chaîne. Des Russes, des Ukrainiens, des poètes des États-Unis, des Chinois, des Anglais, des Italiens, des Allemands, des Espagnols, des Albanais, des Palestiniens, des Israéliens, des Islandais, des Français... Et ce n'est pas fini !

Je sais que tous ne partagent pas les mêmes analyses, les mêmes points de vue sur toutes ces guerres qui sont autant de sujets de désaccords et d'occasions où s'affrontent des passions. Avec des raisons et des déraisons diverses. D'autant que nous sommes tous, dans chacun de nos pays, tributaires d'une information de guerre, c'est-à-dire d'une information largement soumise au contrôle de l'État.

Mais je continue de penser que nous pouvons nous rassembler au travers de cette chaîne et manifester en quelque sorte l'unité de l'Internationale des poètes. Quelles que soient les convictions philosophiques, religieuses ou politiques des poètes réunis dans ces pages, quel que soit l'attachement à leur pays, tous, je crois, veulent la paix.

Il est en effet dans la nature même de la poésie, depuis les origines, de chanter la vie.

Il y eut évidemment des poètes pour vanter les exploits des héros et composer des épopées. Mais même Homère, dans l'*Iliade*, fait entendre la plainte d'Andromaque... Et certains considèrent qu'Archiloque qui jeta son bouclier dans un buisson, (alors qu'il était un guerrier qui ne manquait pas de courage) fut peut-être le premier des poètes lyriques grecs. Pour lui, la vie valait mieux qu'une mort inutile dans un combat absurde.

Aujourd'hui, quand les combattants sont précipités, comme en 14-18, dans une guerre de tranchées meurtrière, quand des civils sont écrasés sous les décombres, quand des écrivains sont pris pour cible par des missiles et des drones téléguidés, qui aurait envie de chanter les exploits guerriers ?

Hier, les poètes qui prenaient part à la Résistance contre les nazis, parfois les armes à la main, ne le faisaient pas en criant « Vive la mort ! », selon le célèbre cri fasciste, mais « Vive la vie, vive la liberté, l'amour, la beauté, vive la poésie ! »

Paul Éluard disait d'ailleurs de la poésie qu'elle résidait dans tout ce qui refuse le visage innommable de la mort. La confrontation directe entre l'OTAN et la Russie, les tensions qui existent entre les États-Unis et la Chine, mais aussi par exemple entre l'Inde et le Pakistan sont autant de menaces pour la paix du monde. La confrontation entre les grandes puissances qui veulent se repartager le monde et qui sont toutes dotées de l'arme nucléaire peut nous entraîner vers le cataclysme et n'importe quel conflit local peut en fournir l'occasion.

Déjà par deux fois une guerre mondiale a vu le jour sur le territoire européen. Nous ne voulons pas d'une troisième guerre qui risquerait d'être fatale à l'humanité.

L'OTAN appelle les pays qui en sont membres à porter leur budget militaire à 2 % de leur produit national brut. Partout, ce sont les complexes militaro-industriels qui dominent.

Mais, plutôt qu'engloutir des fortunes dans des œuvres de mort, nous devrions mettre en commun nos moyens, tout autour de la Terre, et travailler ensemble à résoudre nos problèmes communs : le réchauffement climatique, l'accès à l'eau, la faim et la misère, la préservation de la santé, la lutte contre les injustices, les inégalités entre hommes et femmes, le racisme… Nous devrions coopérer pour faire face aux défis sociaux, éducatifs et culturels auxquels est confrontée la civilisation humaine en ce troisième millénaire.

Bien sûr, jamais un poème n'a pu arrêter une bombe, mais les mots ne sont pas sans effet. Ils peuvent blesser et ils peuvent guérir. Un vrai poème, capable de courage, peut sauver l'honneur et donner raison de ne pas désespérer du genre humain. Il peut contribuer, ne serait-ce que modestement, à ce que grandisse un mouvement d'opinion pour mettre fin à la boucherie.

L'anthologie que nous publions aujourd'hui présente quelque 130 poèmes. Certains ont été directement provoqués par la guerre en cours en Europe. D'autres, par d'autres conflits qui déchirent la planète. Car, poètes d'Europe ou d'ailleurs, nous ne nous sentons pas seulement touchés par ce qui se passe sur notre seuil. Nous ne pensons pas que l'Europe soit le centre du monde mais l'Europe aurait un grand rôle à jouer pour la paix. Mais par-delà les institutions, il faudra bien que tout autour de la Terre s'affirme enfin l'existence de ce « Peuple-monde » dont nous pressentons la venue possible, un peuple divers et uni malgré ses différences ethniques, nationales, religieuses. Un peuple capable de prendre en mains le destin du monde. Tous les poèmes réunis ici ne sont pas forcément des « poèmes contre la guerre ». Beaucoup sont tout simplement des poèmes pour la paix... Tout poème d'amour, tout poème capable de dire la beauté de la vie sur Terre étant aussi un poème pour la paix.

Notre chaîne mondiale des poèmes pour la paix ne s'est pas arrêtée à ceux que nous publions aujourd'hui. Elle se poursuit et se poursuivra... Chacun peut en prendre connaissance sur la page Facebook du Merle Moqueur ou sur celle de notre nouveau réseau international : Poètes de la Planète.

Alors que d'autres érigent des frontières et creusent des fossés, voire des fosses communes entre les peuples, essayons de lancer la passerelle, fragile mais vitale, d'une parole humaine et fraternelle.

Francis Combes

Les poètes apparaissent dans ces pages selon l'ordre chronologique de leur participation à la Chaîne des poèmes pour la paix. En fin de volume, un index les présente par ordre alphabétique.

KEVIN HIGGINS
(Irlande/ Eire)

Le livre de la guerre

Le livre de la Guerre est occupé à gribouiller
un nouveau chapitre de lui-même
difficile d'y trouver un mot de vrai
vous êtes dedans
toute votre existence livrée
à ce moment du récit
bien que microscopique
vous n'êtes pas précisément nommé
et chacun a son opinion
à chaque poule son gloussement
l'un jure qu'il s'abstiendra de tout Chostakovitch
une autre qu'il refuse dorénavant d'enseigner
    Dostoïevski
pour être dans le coup, un autre glousse
qu'il a essayé d'envoyer ce matin
un morceau d'AK 47 en courrier recommandé
d'autres veulent descendre des avions
car c'est ainsi qu'on fait la paix
et les pilotes, soyons tranquilles,
ne sont que de la vermine
bien que d'une espèce intelligente
puisqu'ils pilotent des avions

la Fédération féline internationale
a banni les chats russes
même si on ne sait pas bien
si les chats ont pris part à l'invasion
car c'est ainsi qu'on fait la paix
l'émission de radio Le 4 Heures des femmes
enseigne à ses auditrices
comment fabriquer des cocktails Molotov
que tout le monde trouve soudain très bien.

(Traduction Francis Combes)

The Book of War

The book of war is busy scribbling
another chapter of itself
hardly a syllable of which is true
you are in it
given your own continued existence
at this point in the story
though being microscopic
you're not exactly named
everyone has an opinion
each chicken its own cluck
one vows to abstain from Shostakovich
another refuses from now on to teach Dostoevsky
not to be outdone, a third clucks

that this morning it tried to send
a parcel of AK47s by registered post
others want to shoot down planes
because that's how peace is made
and the pilots, we're reassured,
are only vermin
though obviously the clever sort
if they can fly planes
the Fédération Internationale Féline
has banned Russian cats
from its competitions,
though it's unclear if any
cats took part in the invasion,
because this is how peace is made
Radio Four's Women's Hour is instructing its listeners
in how to make Molotov cocktails
of which everyone is suddenly in favour.

ATAOL BEHRAMOĞLU
(Turquie)

Les bébés n'ont pas de nation

J'ai ressenti cela pour la première fois loin de mon
pays
Les bébés n'ont pas de nation
Leurs têtes se tiennent pareilles
Et quand ils regardent, dans leurs yeux la même
curiosité
Le même timbre dans leurs voix quand ils pleurent

Les bébés sont des fleurs d'hommes
Les plus purs des boutons de rose
Certains sont des rayons de lumière blonde
D'autres, des grains de raisin noir

Pères, gardez-les à l'esprit
Mères, protégez vos bébés
Faites-les taire, faites-les taire
Ne les laissez pas parler
Ceux qui parlent de destruction et de guerre

Laissons-les grandir dans l'amour
Qu'ils poussent qu'ils fleurissent ces arbustes

Ils ne sont ni à vous ni à moi
Ils sont à tout le monde
Ils sont les pupilles de toute l'humanité
La première fois que j'ai senti cela
C'était loin de mon pays
Les bébés n'ont pas de nation
Ils sont des fleurs d'homme
Et notre seul espoir d'avenir.

İstanbul, 1981

(Traduction Moëz Majed - dans *Un printemps assiégé*, Le Merle Moqueur 2021)

BEBEKLERİN ULUSU YOK

İlk kez yurdumdan uzakta yaşadım bu
duyguyu
Bebeklerin ulusu yok
Başlarını tutuşları aynı
Bakarken gözlerinde aynı merak
Ağlarken aynı seslerinin tonu

Bebekler çiçeği insanlığımızın
Güllerin en hası, en goncası
Sarışın bir ışık parçası kimi
Kimi kapkara üzüm tanesi

Babalar çıkarmayın onları akıldan
Analar koruyun bebeklerinizi
Susturun susturun söyletmeyin
Savaştan yıkımdan söz ederse biri

Bırakalım sevdayla büyüsünler
Serpilip gelişsinler fidan gibi
Senin benim hiç kimsenin değil
Bütün bir yeryüzünündür onlar
Bütün insanlığın gözbebeği
İlk kez yurdumdan uzakta yaşadım bu duyguyu
Bebeklerin ulusu yok
Bebekler, çiçeği insanlığımızın
Ve geleceğimizin biricik umudu...

İstanbul, 1981

DMYTRO TCHYSTIAK
(Ukraine)

Terre vive

Pour Anastassiïa Kobzina et Illia Soloviov,
in memoriam

I
Mon grand-père est mort sans un mot sur la guerre.
Sans un mot sur la guerre est morte ma grand-mère.
Sur la famine et sur le travail pour le front
Ils ont lâché quelques paroles rudes, pas plus.
Le 9 mai était la plus grande de leurs fêtes,
Leurs chants, leurs larmes, sans un mot sur la
guerre.
« Je ne parlerai pas. Mon Dieu !
Jamais plus, jamais plus. On te jette
Sur la charrette, et puis, dans la fosse commune... »
Les paroles de ma grand-mère, près de sa tombe.

II
Dans mon armoire, sous les bombardements,
L'uniforme couvert de médailles de mon grand-
père,
Son poignard (17 ans, Chtcholkovo près de
Moscou,

Puis la Mer du Nord, beaucoup de tués
Dans ce pays des glaces, puis, le chant,
Le foot, Kakhovka et Kyiv, l'amour de sa vie
Qui me fait sourire, aujourd'hui encore),
Les médailles de ma grand-mère, fille de guerre
(Enfance dans le kolkhoze, tout pour le front,
Et un Allemand aimable dit « Cache-toi ! »,
Dans la région de Vinnytsa tout un hiver,
Dans le grenier elle se terre, et les *Osterbeiter*
Partent, puis, le chant, et le socialisme, et le crash,
Et ses recherches sur la Grande Famine de Staline),
Ils restent encore ensemble, avec
Deux républiques sœurs, dans l'armoire,
Sous les bombardements, puis explosent.

III

Cette terre d'hiver est vive, en profondeur.
Pas un mot sur la guerre, dans leur tombe
commune.
Comme ce Babi Yar sous le missile, on vous réveille,
Et vous sortez de l'autre monde, mais je sais,
Vous n'êtes pas de l'autre côté, vous rejoignez
Les nôtres. Et ma grand-mère s'acharne
Avec les bénévoles, et mon grand-père, avec les
marins,
De notre côté, ceux qui suivent les Cosaques,
Ceux qui bafouent la peur et se jettent

Bras nus sur les chars, dans les steppes,
Comme au temps des Héllènes, sur cette terre
Vive, où « Gloire !.. » tombe, tonnerre après
tonnerre.

IV

Cette terre d'hiver est vive encore, si loin.
Mon grand-père de Chtcholkovo se bat,
Ma grand-mère de Haïsyne s'acharne,
Derrière eux, ténèbres sur ténèbres,
Clartés sur clartés, mondes après mondes,
Résonnent, ensanglantés, sur les croix poussent
Les roses de la Jérusalem Céleste,
Leur sang unit Constantinople et Kyiv,
L'œuvre au rouge des villes ressuscitées,
Siècle après siècle, temple après temple,
Pour abreuver notre arbre commun,
Vers un printemps, enfin reconnaissable.

7.III.22, Kyiv

Жива земля

Пам'яті Анастасії та Іллі Соловйових

I

Мій дід помер – ні слова про війну.
Померла бабця – про війну ні слова.
Про голод і про працю тилову
Прошепотіли кілька слів – суворо.
День перемоги – свято над святами.
І спів, і сльози, про війну ж – ні слова.
«Тобі воно не треба. Тільки щоб
Не повторилось – кинуть на теліжку,
І всіх – в одну могилу». Перед смертю
Бабусине видіння – впам'ятку.

II

У шафі в мене – під бомбардуванням –
Дідівський кітель у медалях, кортик
(Із Підмосковщини – Північне море,
Шалена смертність льодових країв,
А потім – спів, футбол, Каховка й Київ,
Любов довіку – згадую на усміх),
Бабусині «прирівняні» медалі
(Дитинство у колгоспі – все для фронту
І добрий німець каже: «ти ховайсь»,
На Вінниччині, взимку, на горищі
Уникла остарбайтерства, а далі –
Спів і соціалізм, і крах, і врешті –
Одна із перших – про Голодомор) –

Обоє на фронтах, із двох республік
Братерських там, у шафі – доки – вибух.

III
Земля зимова тут углиб – жива.
Ні слова про війну – в одній могилі.
Як Бабин Яр під обстрілами – ви
Йдете із того світу – тільки знаю,
Не в інший бік, не в інший, до своїх.
Стоїть бабуся поміж волонтерок,
Стоїть мій дід між моряків, між цих,
Які – від козаків, або – від віча
Ще княжого – на танки, у степах
Еллади – «Слава!..» – громом у громи.

IV
Земля зимова в далину – жива.
Іде мій дід із Щолкова, а бабця –
Із Гайсина, за ними – тьми і тьми,
Над ними – світ за світом, голос крові
Вертається у край-Єрусалим,
За ним – Софія Царгороду й Київ,
За ним – Чернігів, чорний од катів,
За ним – за віком вік і храм за храмом
Вростають наче в дерево одне,
Крізь нас усіх – весна неодгортанна.

7.III.22, Київ

AGNETA FALK-HIRSCHMAN
(USA-Suède)

Les morts nous admonestent

Pour eux, point de salut
quand ils sont étendus, empilés
les uns sur les autres,
alors que la neige confère au paysage
une touche virginale,
assourdit le souffle des explosions,
recouvre les traces,
et quand elle fond, la dure vérité
se révèle : nous n'avons pas d'autre choix
que recommencer, aux anciennes frontières,
éraflés, écorchés,
sachant, depuis toujours,
qu'il n'y a nulle gloire
dans la guerre et pas de joie
dans la victoire.

(Traduction Francis Combes)

The Dead Admonish Us

For them there's no salvation
as they lay piled up,
one on top of another and,
just as snow gives the landscape
a virgin touch, muffles the blow,
covers the tracks,
in its melting, the stark truth
is revealed: we have no choice
but to begin again at the old borders,
scratched and scraped,
knowing, as always,
there's no glory in war,
no joy in victory.

BENGT BERG
(Suède)

LE MOT

Le mot doit être écrit à l'encre invisible,
même le mot est interdit.

Que pouvons-nous faire de notre impuissance ?
Le quotidien, le banal, l'inévitable –

Aujourd'hui est le 10e jour, puisque la guerre se
compte en jours.
Il n'y a pas le temps de compter les morts, ils sont
innombrables.

Quand pourrons-nous compter les morts, personne
ne le sait,
pas aujourd'hui où nos pensées

tourbillonnent comme les doigts rapides d'un piano
noir
Du blanc au noir du blanc au noir.

C'est pour les vivants que nous devons espérer
malgré cette horrible révélation de la guerre.

Après tous ces bombardements et ces meurtres
Des couloirs humanitaires sont mis en place dans la
dévastation.

La première victime de la guerre est la vérité, elle
doit être écrite.
à l'encre visible – en rouge, de la couleur du sang.

(Traduction Bengt Berg)

ORDET

Ordet måste skrivas med osynligt bläck,
till och med ordet är förbjudet.

Vad gör vi då med vår vanmakt?
Den dagliga, den vardagliga, den ofrånkomliga –

Idag är det 10:e dagen, ännu räknas kriget i dagar
De döda hinner man inte räkna, de är oräkneliga.

När vi ska kunna räkna de döda är det ingen som vet,
inte idag när våra tankar inne i oss

virvlar som snabba pianofingrar från svart
till vitt till svart till vitt till svart.

Det är de ännu levande som vi måste hoppas på
trots denna krigets ohyggliga uppenbarelse.

Efter allt detta bombande och dödande
upprättas humanitära korridorer i förödelsen.

Krigets första offer är sanningen, den måste skrivas
med synligt bläck – i rött, i blodets färg.

MICHAEL AUGUSTIN
(Allemagne)

Go Home

Rentre chez toi
Soldat russe
Va aider ta maman
À la cuisine.

(Traduction Francis Combes)

Geh nach Haus

Geh nach Haus
russischer Soldat
und hilf deiner Mama
in der Küche

CAO SHUI
(Chine)

L'Ukraine crie : Yalta s'effondre

L'humanité est en guerre et les peuples souffrent
Le Château des hirondelles qui se dresse en Crimée tremble
L'équilibre de Yalta se met à vaciller
Depuis le nid d'hirondelles, Prométhée observe la Terre
Lors de la guerre mondiale, les trois seigneurs du monde ont divisé le monde
L'Eurasie devait être au centre
Les Nations Unies auraient dû s'établir sur ce nouveau continent
Les bras de Prométhée embrassant ses deux bords
A l'est, la Mongolie indépendante, la Corée du Nord divisée en nord et sud, le Japon occupé par quatre pays
A l'ouest, la Pologne ressuscitée, L'Allemagne divisée entre Est et Ouest et quatre pays l'occupant,
L'Amérique, la Russie, La Grande-Bretagne, la Chine et la France devaient superviser le monde
Yalta se tient au milieu et rêve du passé
La cavalerie mongole de Gengis Khan venue d'Asie a balayé le monde

Les navires de guerre de la Reine Victoria venus de
l'ouest ont conquis le monde
Ils se sont rencontrés à Yalta
Yalta qui dormait a été réveillée par les canonnières
Les tanks russes ont surgi en Ukraine
Les deux Vladimir ont commencé à se battre
A nouveau l'humanité se dispute l'hégémonie
N'espérez pas que l'humanité se civilise en 70 ans
N'espérez pas qu'en 70 ans la tyrannie se change en
histoire ancienne
Les rejetons du fascisme ne changent pas de gènes
L'équilibre de Yalta commence à s'effondrer
Prométhée vole du Caucase au Pamir
Le vautour féroce de l'Amérique erre sur le monde
L'Ours brut d'Asie court à quatre pattes
L'Aigle géant d'Europe s'élève à L'ouest
Le Dragon doré de la Chine prend son envol à l'est
Les vents ne se calment pas
Les nuages s'amoncellent dans le ciel
L'équilibre de Yalta commence à vaciller
Le Système de Yalta s'effondre
Peut-être l'humanité rejoindra-t-elle dans le feu le
nirvana
Peut-être l'humanité rebâtira-t-elle le monde sur ses
ruines.

(Traduction Francis Combes)

《乌克兰在呼喊：雅尔塔的天平开始倒塌》

曹谁

人类在征战，人民在受苦
克里米亚伸出的燕子堡在摇晃
雅尔塔体系的天平开始倾斜
燕子堡上的普罗米修斯俯瞰大地
世界大战中三个世界霸主划分世界
亚欧大陆地要处在中心
联合国要建立在新大陆
普罗米修斯的双臂从大陆的两边下垂
东方的蒙古独立，朝鲜要分为南北，四个国家占领日本
西方的波兰复国，德国要分为东西，四个国家占领德国
美利坚、俄罗斯、不列颠、大中华、法兰西要监督世界
雅尔塔站在中间梦回往事
成吉思汗的蒙古骑兵从亚洲横扫世界
维多利亚的英国战舰从欧洲征服世界
他们在克里米亚的雅尔塔相会
雅尔塔的睡梦被炮舰惊醒
俄罗斯的坦克闯入乌克兰
两个弗拉基米尔开始打架
人类又开始争夺世界霸主
不要指望人类能在七十年成为文明
不要指望暴虐会在七十年成为往事

法西斯的后代不会改变基因
雅尔塔体系的天平开始倒塌
普罗米修斯从高加索飞向帕米尔
亚美利加的秃鹫遨游天下
亚欧大陆的大熊横冲直撞
欧罗巴的巨鹰从西方升起
大中华的巨龙在东方腾飞
风从来不会停止
云会在天上聚拢
雅尔塔的天平开始倾斜
雅尔塔的体系开始坍塌
人类终将在大火中凤凰涅槃
人类终将在废墟中重建世界

GERRY LOOSE
Écosse

mots

dans la vieille langue de mon peuple
il n'y a pas de mot pour balle

à la place, il y a un mot qui signifie
la couleur de l'herbe fraîche qui pousse

dans l'ancienne langue de mon peuple
il n'y a pas de mot pour tank

à la place, il y a le mot pour dire
personne qui cultive des vergers

dans l'ancienne langue
il n'y a pas de mot pour bombe

il y a un beau mot
pour l'amour des sœurs

dans la vieille langue de mon peuple
il n'y a pas de mot pour les éclats d'obus

à la place, il y a la phrase qui signifie
une personne qui collecte des essaims d'abeilles

dans cette langue gracieuse
le mot pour mes enfants est exactement

le même que celui de vos enfants
ma mère est la même que la vôtre

bien que dans cette vieille langue il y ait
des mots pour coupable et pour crime

il y avait aussi beaucoup de mots pour les innocents
et un mot pour dire la vérité

par-dessus tout, dans cette vieille langue
il y a le mot pour la paix

jusqu'à ce que les nouveaux mots soient oubliés
la paix est le mot que j'utiliserai tous les jours

jusqu'à ce que le monde apprenne cette langue
    ancienne
chaque jour plus fort et plus clair : paix

(Traduction Francis Combes)

words

in the old language of my people
there is no word for bullet

instead there is the word meaning
the colour of fresh grass growing

in the old language of my people
there is no word for tank

instead there is the word meaning
person who grows orchards

in the old language
there is no word for bomb

there is a fine word
for the love of sisters

in that old tongue of my people
there is no word for shrapnel

instead is the phrase meaning
a person collecting swarms of bees

in that graceful language
the word for my children is the exact

same as the word for your children
my mother the same as yours

though in that old language there were
words for guilty and for crime

there were also many words for innocents
and one word for truth telling

above all in that old language
there is the word for peace

until the new words are forgotten
peace is the word I will use every day

until the world learns that old language
every day louder and stronger: peace

CHRISTINE ZEYTOUNIAN-BELOUS
(Russie-France)

j'étais prêt à tout
pour tuer l'ennemi
j'ai perdu mon honneur
pour tuer l'ennemi
rejetant la pitié
pour tuer l'ennemi
j'ai sacrifié mon fils
pour tuer l'ennemi

j'ai menti à mon peuple
pour tuer l'ennemi
j'ai dévasté cent villes
pour tuer l'ennemi
versant des flots de sang
pour tuer l'ennemi :
en mourant j'ai compris
c'était moi l'ennemi

(Traduction Christine Zeytounian-Beloüs)

я на все был готов
лишь бы убить врага
забыл о чести и жалости
лишь бы убить врага
отправил сына на бойню
лишь бы убить врага
свой народ оболванил
лишь бы убить врага

сто городов разрушил
лишь бы убить врага
лил океаны крови
лишь бы убить врага
умирая понял
что враг - это я

JEAN-LOUIS CLOËT
(France)

Qui, que, quoi, dont, où

C’est qui qui a commencé ?
— C’est lui ! …
— C’est lui ! …
— Bon. Et qui qui va commencer à finir ?

ABDELLATIF LAÂBI
(Maroc)

Paix

Paix
tu me manques
tu nous manques
tu manques à cette humanité perdue
à cette planète suppliciée
et jusqu'à l'insondable
l'impassible Univers

Paix
donne-nous la main
le temps pour nous de réapprendre
à respirer, marcher
regarder, écouter
rire, pleurer
Le temps de réapprendre
les mots de la tendresse
les gestes de l'amour
l'alphabet de la beauté
le bréviaire de la fraternité

(Dans *Presque riens*, Le Castor Astral, 2021)

ANNA LOMBARDO
(Italie)

Je ne peux pas respirer

sous leurs genoux
qui molestent l'air

je ne peux pas rire

sous ce ciel sinistre où les drones

changent mes nuages en bombes

Personne n'écoute

le frémissement des feuilles

des forêts réduites en terres arides

Et la Terre-Mère est submergée

et les ventres de beaucoup sont toujours vides

le long des rues et des ruelles

et il y a trop de cadavres
qui flottent sur cette mer

d'un rouge vineux

et beaucoup d'autres tombent encore des
échafaudages

et d'autres restent encore à faire la queue

pour des miettes de pain

parce que toi, et toi, et toi

impérialiste-capitaliste-fasciste-misogyne

tu es encore avide et présent

Non, je n'arrive pas respirer

mais je le veux, maintenant
J'en ai besoin

Frères et sœurs

montrons-leur comme notre souffle

peut être long et parfumé

laissons-le montrer la voie

et, comme Moïse,

ouvrir les passages

vers cet air

plus jeune et plus frais.

(Traduction Francis Combes)

Non riesco a respirare

sotto queste ginocchia che
molestano l'aria

Non posso ridere

sotto questo sinistro cielo droni

cambiano le mie nuvole in bombe

Nessuno ascolta

il fremito delle foglie
delle foreste ridotte ad aridi campi

E la madre terra è sopraffatta

e le pance di molti ancora vuote

lungo strade e vicoli

E troppi cadaveri

galleggiano sopra quel

mare rosso vino

E molti altri cadono da impalcature

e altri ancora restano

in fila per una briciola di pane

Perché tu, e tu, e tu

imperial-capital-fascist-misogenista
sei ancora avido e presente

Non riesco a respirare

ma io lo voglio,
adesso
ne ho bisogno

Sorelle e fratelli

mostriamo loro quanto

lungo e profumato sia il nostro respiro

Lasciamo che esso indichi la strada

e, come nuovo Mosè,

apra sentieri

Verso quest'altra aria nuova

più giovane e fresca.

(Venezia 2022)

FAHREDIN SHEHU
(Kosovo)

Un jour

Voyons si je peux comparer
les jours d'horreur que j'ai vécus avec
l'explosion qui a projeté
les morceaux de cerveau
d'un nourrisson dans
mes mains vides
vides de tout instrument
incapables de faire le mal
l'angoisse vécue dans un rêve
neuf mois avant que la chose
n'arrive réellement, il y a 22 ans
je vois en ce jour
trois fois répétés des faits criminels
combien il est difficile de revivre
la même souffrance de guerre sur mon
Corps d'"Humanité
quand le vent souffle à l'est
la douleur que je ressens à ma droite
quand le vent souffle à l'ouest
la douleur que je ressens sur ma gauche
quand je vois mourir des enfants

du Nadir à l'Horizon
un murmure montant du
profond de mon coeur brise les lourdes
Portes du Ciel, tout en Cèdre du Liban
dont les tenons dorés ne sont plus que débris
un jour cela sera…
un jour sur la rive dorée
un jour cela sera…
un jour,
un jour d'une vie d'homme
la vie refleurira adorant le vivant
car il n'est nul salut dans la cupidité ni
de béatitude dans l'effusion de sang
car il n'est de blessure sur terre
qui ne fasse souffrir mon Être Humanité.

(Traduction Marilyne Bertoncini)

Një ditë

Shiko nëse mund të krahasoj
ditët e mia të tmerrit me
shpërthimin që solli
copat e trurit
të një foshnjeje në
duart e mia të zbrazta
bosh nga të gjitha mjetet

mungojnë për keqbërje
ankthi i parë në ëndërr
nëntë muaj para ndodhisë
së vërtetë 22 vjet më parë
Unë shoh në këtë ditë
një vepër e keqe e përsëritur tri herë
e vështirë, shumë e vështirë për t'u përjetuar
e
njëjta dhimbje e luftës për mua në Trupin tim të
    Njerëzimit
kur fryn era në Lindje
dhimbjen që ndjej në të djathtën time
kur fryn era në Perëndim
dhimbjen e ndjej në të majtën time
kur shoh vdekjen e fëmijëve
nga Nadir në Horizon
një zë i pëshpëritur nga im
zbrazëtia e zemrës time thyen
Portat e rënda të Parajsës, të gjitha prej kedri libanez
me bagllame e arta të çmontuara në copa
një dite do te ndodhë…
një ditë në bregun e artë
një dite do të ndodhë…
një ditë, një ditë të një viti njerëzor
do të gëzojë jetën dhe të adhurojnë të gjallin
sepse asnjë lakmi nuk është shpëtim dhe
asnjë gjakderdhje nuk është një lumturi
sepse nuk ka asnjë plagë në tokë
që nuk e lëndoi Qenien time të Njerëzimit.

MIKE JENKINS
(Pays de Galles - Cymru)

PLUS RIEN

« Ce n'était pas un tremblement de terre. C'était l'œuvre des hommes » (le journaliste Peter Beaumont à Gaza)

Pas un tremblement de terre mais l'œuvre des
hommes.
Il ne reste rien.

Pensez-y :
maisons, biens,
le tout réduit à l'état de gravats
détruits en l'espace de quelques secondes.

Au loin les chars israéliens
décrivent des cercles
comme des corneilles noires.

Les pelleteuses du Croissant rouge
déterrent des corps décomposés depuis des jours.

C'est la même espèce

qui a fait ça :
chaque homme, femme ou enfant
qu'ils qualifient de terroriste.

En quête d'une main tendue,
d'un remous dans les débris,
d'un petit geste d'avenir
dans le Désert de la Dévastation.

(Traduction Alexis Bernaut)

NOTHING LEFT

'This was not an earthquake. This was the work of men.'(journalist Peter Beaumont, in Gaza)

No earthquake but the work of men.
There is nothing left.

Imagine that :
houses, belongings
everything rubbled,
destroyed in seconds.

The Israeli tanks
circling in the distance

like carrion crows.

The Red Crescent diggers
uncover bodies days decomposed.

The same species
have done this :
every man, woman, child
they dub a terrorist.

Searching for a reaching hand,
movement among the wreckage,
small gesture of future
in Devastation Desert.

VIACHESLAV KOUPRIANOV
(Russie)

La bataille de Jéricho

On avait arrêté d'un mot
la course du soleil
le temps des combats.

Quant à nous, nous lutterons nos vies entières
à la recherche d'un mot

qui arrêtera tous les combats
au nom de la vie
sous ce soleil
obéissant.

(Traduction Francis Combes)

БИТВА ПРИ ИЕРИХОНЕ

Словом
останавливали солнце
на время битвы.

А нам всю нашу жизнь биться
в поисках слова,

которое остановит все битвы
ради жизни
под этим
послушным солнцем

LUÍS FILIPE SARMENTO
(Portugal)

Si on me donnait le choix d'un paradis,
J'en nommerais un qui n'attribuerait jamais à la
guerre
le statut souverain de l'art.

(Traduction Luís Filipe Sarmento)

Se me fosse dado a escolher um paraíso,
nomearia aquele que jamais atribuiria à guerra
o soberano estatuto de arte.

DARIA ZEMTCHOUGOVA
(Russie)

Donner le jour à des garçons
C'est, dit-on, bénédiction.
Mais sont-ils nés pour faire
entre eux-mêmes la guerre ?

Понарожали мальчишек.
Очень хотелось детей.
Но оказалось, что жизней излишек.
Войн захотелось, смертей.

ELIOT KATZ
(États-Unis)

Les experts de la guerre en Ukraine sur les chaînes câblées

Je me demande si CNN et MSNBC seraient en
 mesure
de dénicher d'autres experts anti-guerre américains
 opposés à l'invasion
illégale et immorale par la Russie de l'Ukraine
 souveraine
qui n'aient pas été généraux, membres du
 renseignement ou membres du Congrès
ayant soutenu ou orchestré l'invasion illégitime de
 l'Irak par les États-Unis.

(Traduction Francis Combes)

Cable TV's Ukraine War Analysts

I wonder if it would be possible for CNN and MSNBC
to find more U.S. anti-war analysts opposed to Russia's
illegal and immoral invasion of the sovereign country of
 Ukraine

who were not also generals, intelligence agents, or
congress-persons
that supported or orchestrated the unwarranted U.S.
invasion of Iraq?

MARAM AL-MASRI
(Syrie-France)

Y a-t-il une excuse pour les guerres ?
La guerre n'a pas besoin d'excuse
Elle met le feu ici et là
Elle va, de long en large, occupe tout l'espace
Elle détruit, tue, incendie
Fière de son pouvoir
et de ses crimes
Qui est le perdant ?
Qui est le gagnant ?
Il n'y a qu'elle.

(Traduction Maram al-Masri)

الحروب لا تحتاج لمبررات
انها تشتعل هنا وهناك
تصول وتجول
تدمر تقتل تحرق مفتخرة بقوتها
بجرائمها
من الرابح ومن الخاسر
لا أحد غيرها
للشعب الاوكراني الحرية والسلام كما لسورية ولكل الشعوب المظلومة

REHA YUNLUEL
(Turquie)

la tranchée

la terre était boueuse
elle était sale
et moi
dans la tranchée
j'étais enlisé jusqu'au cou
et je ne pouvais penser à toi

(Traduit par Belkis Sonia Philonenko et Pascale Gisselbrecht du turc au français, avec la collaboration du poète.)

çamur

çamurluydu yerler,
pisti,
ve ben siperde
boynuma kadar çamura batmış,
seni düşünemiyordum.
teslîm olmamın da düşmana,
sebebi buydu.

[1999]

RALPH GRÜNEBERGER
(Allemagne)

Nous, les spectateurs. C'est la guerre

Le DAX est en chute libre

Nous, ici, craignons de prendre froid

Et sur les écrans

Roulent des colonnes

De blindés balaises.

Nous connaissons le grincement

Des chaînes

Nous,
héros fragiles !

L'occupation

Des stations-service, des distributeurs de billets,

Des supermarchés.

La débandade après l'algarade.

De loin, nous crions « Liberté ! »

La langue coupée en deux

Par le pain russe

Nous voyons la défense offensive

Venant de Moscou

Du ciel, de la terre,

De sous la haute mer.

L'existence détermine la conscience

Du tsar

Qui parle d'opération militaire spéciale

L'attaque contre les pistolets à eau

Dans les chambres des enfants

Des immeubles

En un rien de temps

La tour de la radio est occupée.
Et tombe, criblé de balles,

Le mot creux de la loi martiale.

De chaque côté

Le bouton rouge est allumé.

(Traduction Alain Lance)

Wir Zuschauer. Es ist Krieg

Der DAX auf Talfahrt

Wir hier haben Angst zu frieren

Auf den Bildschirmen

Die bulligen Panzer

Rollen in Kolonnen.

Wir kennen das Knirschen der Ketten
Wir fragilen Helden!

Die Belagerung

Der Tankstellen, Geldautomaten

Supermärkte.

Flucht folgt auf Fluch.

Wir rufen „Freiheit!" aus der Ferne

Die Zunge gespalten

Vom Russisch Brot

Sehen die Vorwärtsverteidigung

Aus Moskau

Aus der Luft, vom Boden, unter

Der hohen See.

Das Sein bestimmt das Bewusstsein des Zaren

Er spricht von Sonder-Militäroperation.
Der Angriff auf die Wasserpistolen

In den Kinderzimmern
Der Hochhäuser.

Es dauert nicht lange
Und aus dem besetzten Funkturm fällt die

Verschossene Worthülse

Vom Kriegsrecht.

Auf beiden Seiten

Leuchtet der rote Knopf.

25./26.02.22

ISMAËL DIADIÉ HAÏDARA
(Mali)

Et la neige tombe

À Ri. Berengarten

J'avais trois saisons de pluies lorsque ce pays eut son indépendance
J'avais six saisons de pluies l'année de la guerre du Nord
J'avais neuf saisons de pluies l'année du choléra
J'avais douze saisons de pluies l'année de la grande famine
J'avais quinze saisons de pluies l'année de l'autre guerre

Quand les obus djihadistes sont tombés j'avais cinquante-quatre ans
J'avais choisi entre le cercueil et la valise et je suis parti avec ma fille et mon fils
J'ai quitté Tombouctou comme tant d'autres aux regards perdus
Dix ans ont passé et chaque nuit des obus tombent dans mes rêves
Chaque nuit assis sur une valise
Moi aussi J'entends une Olesya Zdorovetska

et la neige tombe sur l'Ukraine
la neige tombe.

Grenade, mars 2022.

SANDJAR YANYCHEV
(Ouzbékistan)

Si vous ne pouvez pas tuer la guerre, allez dans les rues et les fourgons de police.
Si vous avez peur d'y aller, allez dans les réseaux sociaux.
Si vous avez peur d'y aller, dites la vérité à vos enfants.
Si vous avez peur de la dire, taisez-vous, on entendra votre silence (même si une seule personne l'entend, c'est déjà ça).
Si vous avez peur de vous taire, réfléchissez : les pensées aussi peuvent avoir un effet.
Si vous avez peur de penser, alors perdez enfin la raison.
En perdant la raison, vous sauverez au moins votre âme.
Quand on vous a dit qu'elle était immortelle, on vous a menti.

Если не можете убить войну, идите на улицы и
в автозаки.
Если страшно туда, идите в соцсети.
Если страшно в соцсетях, говорите своим
детям.
Если страшно говорить — молчите,
молчание будет услышано (хотя бы одним
человеком).
Если страшно молчать, думайте: мысли тоже
оказывают воздействие.
Если страшно думать — сойдите, наконец, с
ума.
Потеряв ум, сохраните, по меньшей мере,
душу.
Вас обманули, сказав, что она бессмертна.

HALMOSI SÁNDOR
(Hongrie)

Agapé

Nous sommes des monstres.
Nous sommes assis sur une ourse sauvage pleine
et nous prenons des selfies.
Nos dents sont blanches.
Nous donnons des noms à toute notre disgrâce.

Agapé

Szörnyetegek vagyunk.
Vemhes vaddisznón ülünk és szelfizünk.
Fehér a fogunk.
Minden gyalázatunknak mi adunk nevet.

AZADÉE NICHAPOUR
(Iran- France)

Je lisais alors
Rabindranath Tagore

Un roman d'amour
            je m'en souviens

Dehors c'était le couvre-feu

Sous sa couverture ma mère
étouffait ses larmes

Soudain retentit l'alarme

Éteins la bougie Éteins
chuchota mon père

J'ai éteint
et fermé le livre de Tagore

Un bruit terrifiant vint du dehors

J'avais onze ans
et ne croyais pas à la mort

C'était naguère
C'est aujourd'hui

En Iran ou en Ukraine
Les enfants sont des blessés de guerre
Ils sourient
mais ne guérissent guère

MAI VĂN PHẤN
(Vietnam)

Un nouveau cauchemar

Dans mon rêve je me retrouvais enfant en Ukraine
Quand soudain mes petits pieds ont atteint la
frontière
J'ai rejoint ma ville natale, fourbu, exilé
J'ai enfoui mes armes et combattu toutes les guerres.

Bombes et avions se jettent, avec fureur sur la paix,
Laissant derrière eux l'odeur de sang des vies volées,
Et cela me rappelle que mon cœur est vietnamien
Né et baptisé de la tête aux pieds dans un bain de
sang.

Le cœur brisé, j'ai regardé chaque âme des morts
Vainqueurs et vaincus qui ont perdu confiance en
l'homme
Pele-mêle massacrés dans l'oubli que les guerres sont
L'universelle blessure et que toutes sont injustes.

Quand me levant au matin j'ai fixé le soleil,
Comme au sortir d'un cauchemar entièrement
sanglant,

J'ai éprouvé un deuil profond pour ces vies
innocentes
Et l'espoir d'apercevoir une lueur d'espoir.

Ác Mộng Mới

Tôi mơ là em bé Ucraine di tản
Bàn chân bất ngờ chạm vào biên cương
Tôi kiệt cùng trở lại quê hương
Cầm vũ khí sẵn sàng chiến đấu

Tiếng bom đạn, tiếng phi cơ gầm rú
Mùi xác chết, mùi tanh của máu
Đánh thức trái tim Việt Nam tôi
Từng sinh trong một thời khói lửa

Tôi đau đớn nhìn linh hồn người chết
Của bên thắng cuộc và bên thua
Tụ lại bên nhau và đã nhận ra
Mọi cuộc chiến đều phi nghĩa

Khi tỉnh dậy tôi nhìn mặt trời
Vừa nhô ra từ cơn ác mộng
Đang đào thoát khỏi hừng đông màu máu
Tỏa xuống nhân gian một ban mai trong.

BARBARA POGAČNIK
(Slovénie)

Je n'ai pas

Je n'ai pas de fleurs pour vos tanks,
je n'ai pas de couleurs pour vos mensonges,
je n'ai pas de lampe de nuit sous le plafond de
ciment,
sous cette pluie de bombes tombant sur mon lit,
sous ces débris qui ont recouvert la soupière en
porcelaine,
je n'ai pas d'eau pour le bébé mourant,
je n'ai pas de lumière pour notre peur
ni de vernis pour votre lâcheté.
J'ai la route grise sous les nuages gris,
j'ai de la broussaille sèche d'hiver et la main
qui aide à traverser un pont démoli,
des graines qui vont germer sur vos tombes,
j'ai des gemmes d'eau pour la tristesse de ceux
à qui l'on interdit d'écrire, de lire et de parler
parce qu'ils ne veulent pas notre sang.

(Traduction Barbara Pogačnik)

Niman

Nimam cvetov za vaše tanke,
nimam barv za vaše laži,
nimam nočne svetilke pod betonskim stropom,
pod tem dežjem bomb nad posteljo,
pod tem steklom, ki je prekrilo porcelanasti jušnik,
nimam vode za umirajočega otroka,
nimam svetlobe za vaš strah.
Sive ceste pod sivimi oblaki imam,
imam suho zimsko grmovje in roko,
ki pomaga prečkati porušen most,
imam semena, ki vam bodo vzklila v grobovih,
imam vodne dragulje za žalost tistih,
ki jim ne pustijo brati, govoriti in pisati,
ker nočejo naše krvi.

LESSIA TYSHKOVSKA
(Ukraine)

Et de nouveau, comme naguère,
Amis et ennemis
Secouent les tréfonds de la terre,
Si lasse des conflits.
Un esprit malin ouvre grand
La boîte de Pandore,
Sème à poignées aux quatre vents
Les graines de la discorde.
C'est une guerre fratricide
Qu'hélas d'âge en âge on rejoue.
Remède aux peurs paranoïdes :
Un peuple fier à genoux.
Nous gobons de la liberté
L'appât. Vers la frontière
Entre-temps rampe un coupe-jarret
Qui sourit comme un frère.
Horde d'horreur, partout des cris,
Des assauts débridés,
En guise de cavalerie
Des troupeaux de blindés.
Fini les flèches, mise en joue,
Précision de la balle.
Tuons qui n'est pas avec nous :

Vieille devise orientale.
Le pays à ras bord est plein
De sang, de cris barbares,
Et Kiev se souvient
De l'invasion tatare.

(Traduction de Christine Zeytounian-Beloüs)

Опять, как сотни лет назад
тревожат недра
земли, уставшей от осад,
и друг, и недруг.
Лукавый Некто распахнул
ларец Пандоры,
развеяв по миру – ату! -
ростки раздора –
Междоусобную войну -
сквозь поколенья:
спокойней гордую страну
зреть на коленях.
Прельстив свободой, обещать
табун награды,
пока ползет к границе тать
с улыбкой брата.
Орда и ор со всех сторон,
набеги градов.

Не конница на встречный бой,
а танков стадо.
Заменит снайпер хаос стрел
с прицелом точным.
А кто не с нами – под расстрел! –
девиз восточный.
И край наполнен до краев
кровавым криком.
И бредит Киевская Русь
татарским игом.

2014 год

LUIS LUNA
(Espagne)

La cuiller

D'une manière ou d'une autre tu t'habitues à la faim à mesure que tu t'abandonnes au froid, dans un état proche de la somnolence du convalescent. Et tu gardes précieusement à la main une cuiller, une cuiller avec laquelle tu peux voir le nuage et tellement de pluie. Et donc, à cause de la soif que tu nommes horreur ou holocauste, ou passerelle d'argent ou peut-être fleur de rouille et de pourriture, tu poses la cuiller à l'extérieur et tu dévores l'eau et tu te mouilles la bouche en attendant la fente, la fissure qui t'aidera à voir, à observer loin, bien au-delà de la pluie.

(Traduction Luís F. Sarmento)

La cuchara

De algún modo te acostumbras al hambre como se cede al frío, casi en la somnolencia de los convalecientes. Y sin embargo atesoras en la mano una cuchara, una cuchara con la que puedes ver la nube y tanta lluvia. Por eso, por la sed, a la que llamas horror u holocausto, o puente astilla o tal vez una flor de óxido y de herrumbre, colocas la cuchara afuera y te comes el agua a dentelladas y te mojas la boca a la espera del resquebrajamiento, de la fisura que te ayude a ver, a contemplar más allá de la lluvia.

JOSEPH ARÉVALO
(Pérou)

Les règles

L'Ukraine
Perd son sang le long de ses jambes
Pareille à une femme
qui a ses règles
La fumée qui affleure
des bâtiments et des rues
est le signe que le pain
a brûlé
à la porte du four
Demain
surgira à nouveau la faim.

(Traduction Francis Combes)

Menstruacion

Ucrania
se desangra entre la piernas
y parece una mujer

menstruando
El humo que aflora
de los edificios y aldeas
es señal de que el pan
se ha quemado
en la puerta del horno
Mañana
otra vez surgirá el hambre.

JENNIFER GROUSSELAS
(France)

Il n'y a pas de chant pour la guerre

Il y a eu le chant
que n'osent plus chanter
les vivants qui restent

Il y a le chant tiraillé qui cherche sans voix
à garder un peu vivants les morts

Il n'y a pas de chant pour la guerre

Le cri le plus long sera sans portée
le pas des soldats les obus les bombes
ne sont pas le rythme
— on ne fait pas le rythme à coups d'accidents
même volontaires —
et les sanglots qui saignent
passant par trop d'entrailles
ne s'entendent plus entre eux

Il n'y a rien qui explique la fièvre-délire
qui commence la mort
du chant qui fait l'homme

Il n'y a pas de bouche qui puisse traduire
la langue incompréhensible du retour
d'avant l'homme
(sujet et objet
cause et conséquence
parfois tout s'annule
le Verbe se perd)

Il n'y a pas de chant pour la guerre
Il n'y a pas de langage pas de langue pour la guerre
Il n'y a que des cris de guerre

JALEH CHEGENI
(Iran –France)

Dans ce monde détruit
Dort une vérité
Vieille comme les siècles
La violence est la couleur qui domine
Nous cachons nos amours
Nous exhibons nos haines
Héritiers de la peur
Dans un noir dédale
Nous cherchons la lumière de la paix
Ô blanche défaite
Où peut-on camper
Dans un conte
Ou dans un lointain souvenir ensoleillé ?
Les lèvres de notre siècle
Sont fendillées de soif.

(Traduction Jaleh Chegueni)

در این جهان ویران
حقیقتی خفته
به پیری قرون
رنگ غالب خشونت است
عشق هامان پنهان
نفرت هامان آشکار
وارثان وحشتیم
در تاریکی دهلیز
بدنبال صلح می گردیم
اه ای سپید مغلوب
کجا می توان اطراق کرد
در یک قصه
یا یک خاطره دور دست آفتابی ؟
لب های قرن ما
از تشنگی ترک برداشته

NIELS HAV
(Danemark)

GUERRE

Le mot guerre est interdit en Russie,
heureusement.
Des mots comme anxiété, cris et bombes
doivent aussi être interdits.

Le plus débile est de penser.
Le mot invasion est déjà interdit.
Le nombre de victimes de l'armée n'existe pas.
Il ne faut pas parler des pleurs des soldats.

Les cadavres et les enfants écrasés sont interdits,
et l'horreur des sous-sols et des stations de métro.
Heureusement, le mot mort est interdit -
la mort est illégale en Russie.

(Traduction Marilyne Bertoncini)

KRIG

Ordet krig er forbudt i Rusland,
heldigvis.
Ord som angst, skrig og bomber
skal også forbydes.

Det dummeste er at tænke.
Ordet invasion er allerede forbudt.
Det er forbudt at nævne hærens tabstal.
Grædende soldater må ikke omtales.

Lig i gaderne og kvaste børn er bandlyst,
gruen i kældre og underjordiske stationer.
Ordet død er heldigvis forbudt -
døden er ulovlig i Rusland.

GUIDO OLDANI
(Italie)

ÉTRANGE GUERRE

je ne suis pas tellement sûr
de ce qu'est vraiment cette guerre
quand je la vois devenir un petit film
entre une publicité et une autre ensuite,
qui plus encore assène des bombardements,
les leaders sont souvent à moitié des acteurs
qui rendent le sang spectaculaire,
mais comme toujours ce sont seulement les pauvres
qui doivent fuir ou crever.

(Traduction Joëlle Carpentier-Landry)

STRANA GUERRA

non sono poi così tanto sicuro
di cosa sia davvero questa guerra,
se la vedo un filmino diventare.
tra una pubblicità e quella dopo,
più martellante dei bombardamenti,
i leader sono spesso mezzo attori
che il sangue rendono spettacolare,
ma sempre solamente ai poveretti
tocca fuggire oppure di crepare.

ALEXIS BERNAUT
(France)

S'il suffisait d'une trousse d'écolier
où ranger ce monde en guerre
nos roquettes devenues crayons
nos mappemondes, taille-crayons
nos pupitres d'écoliers débarrassés enfin
des cartes d'état-major
et des quotidiens du soir
nos écrans restés tableau noir

Alors dans cette trousse
nous rangerions nos crayons
sans crainte qu'ils explosent
et la refermerions
comme l'aube et le trille du merle
cautérisent le cauchemar

Et notre trousse bien rangée
au dos un cartable léger
nous quitterions la classe
pour un nouveau printemps
notre leçon enfin apprise

5 mars 2022

LAURENT FOURCAUT
(France)

GUERRE ET PAIX

La mère a eu beau se coucher sur elles deux
l'enfant a eu une jambe arrachée et l'autre
une aussi et les deux mains deux sœurs dont la faute
a été de vivre sur la terre leurs jeux

ont pris fin – un homme ivre de pouvoir se vautre
dans les gravats le sang des corps coupés le feu
des armes dernier cri dont ils et pas qu'un peu
se gavent d'or les marchands de canons apôtres

du délirant déluge qui fermera la
marche de leurs trafics *on croit mourir pour la*
patrie on meurt pour des industriels dit France

pas de paix tant qu'il y aura des profiteurs
de guerre et des fous à leur botte débiteurs
d'un désir insolvable en *quéquête* de transe

24 mars 2022

JEAN PORTANTE
(Luxembourg)

LA GUERRE EST FINIE ET LES SOLDATS
rentrent la tête
haute du front   les nuages sont là et personne ne sait
combien de temps cela a duré

reste que l'un ou l'autre de ces guerriers a écrit
ou reçu une lettre   on le voit aux visages biffés
et à leurs yeux imbibés d'alphabet

les mots sont venus ou partis comme des obus
tirer sur celui d'en face c'était lui dire
qu'on pensait encore à lui

ce n'était pas une bombe qui tombait
dans la tranchée   c'était une bouteille
remplie de mots déchiquetés

(Extrait de *Effaçonner*, Éditions PHI)

ALICIA OSTRIKER
(USA)

Je ne peux cesser

Un ami me demande d'écrire un poème de deux mots.
Je dis : Pourquoi pas.
Dieu me demande si je pourrai lui pardonner.
Je dis : Évidemment.
Le temps me demande si je le sens,   parfois comme
    une brise qui me souffle dans le dos,
    parfois comme un obstacle,   parfois comme un
    genou sur ma gorge
    tandis que secondes et minutes, dévotement, passent.
Je dis : C'est à moi que tu demandes de te rassurer ?
    D'accord, c'est toi le patron.
L'amour me demande si je ressens toujours l'amour.
Je dis : pas autant que par le passé
Mais c'est le meilleur sentiment du monde   l'étalon or
L'espoir me demande si je crois toujours en la paix
    et en la fraternité humaine.
Je dis :   désolée   je ne peux cesser   de croire.

I Can't Stop

A friend asks me if I can compose a two-word
  poem.
I say: Why not.
God asks me if I can forgive him.
I say: Sure.
Time asks me if I can feel it like a breeze
  sometimes at my back
  sometimes like an obstacle   sometimes like a
  knee on my throat
  while the seconds and minutes tick devotedly by.
I say: Do you want me to reassure you? Okay, you
  rule.
Love asks me if I can still feel love
I say: less than I once did
But it is the best feeling in the world   the gold
  standard
Hope asks me if I still believe in peace
  and in the brotherhood of humanity
I say: I 'm sorry   I can't stop   believing

LES WICKS
(Australie)

Les batteries du sang

À peine les tranchées étaient-elles vidées
qu'Adolf et d'autres caporaux conspiraient.
Le gaz moutarde cachait l'avenir dans des cris.

1945 – et ces histoires de la guerre est terminée
un homme anonyme se ruait dans la rue principale
en sonnant une cloche – une hystérie parfaite.

Les hélicoptères abandonnèrent Vung Tau ;
ils en dirent long, voulant en dire peu.
L'histoire s'est arrêtée, à peine le temps d'une
cigarette.

Il y avait un tir à la dinde sur la route de Bagdad –
tous les problèmes peuvent être réglés comme ça.

Ernest est mort à 20 ans, dans la Somme,
sa famille s'est rendue.
On a recousu les femmes des années 40 dans leurs
tabliers.
La came de Saïgon, mec, incroyable.

Paix au Moyen-Orient.
Boue & levure
la graine activée
Il n'y a plus de cultivateurs,
fous furieux
nous mangeons le manque des autres.

(Traduction Alexis Bernaut)

The Batteries of Blood

No sooner had the trenches emptied than
Adolph & other corporals started plotting.
Mustard gas hid the future in screams.

1945 — those stories of war being over —
an Un-named Man ran down the main street
clanging a bell, hysterically complete.

The helicopters ditched off Vung Tau
said a lot meaning little.
History barely stopped for a cigarette.

There was a turkey shoot on the road to Baghdad —
all problems can be solved like this.

Ernest died at 20, the Somme,
his family surrendered.
40's women were sewn back into their aprons.
The dope in Saigon was awesome, man.
Peace in the Middle East.
Mud & yeast
the activated seed
No-one farms anymore,
berserkers
we eat the need of others.

JOSÉ MUCHNIK
(Argentine-France)

Hiroshima mémoire

Ton visage d'ivoire explosa
en l'instant minime des dieux
....
la densité du mercure
susurra aux vents
ton haleine planétaire
...
et tu n'étais plus
un fil de soie caressant
la taille du couchant

Que personne n'oublie !!!

Frère des Andes
dis-leur toi
crie leur Hiroshima en quechua
...
dis-le avec ta musique
de quenas et charangos

Hiroshima sera un écho

de cordillère dans les mémoires

Frère d'Afrique
dis-leur toi
envoie ce nom
naviguer sur les artères
de tes langues chaleureuses

Hiroshima sera code
de tam-tam dans les airs
hymne yoruba ou lingalá
sur tes mers
son ailé de bambará
dans le désert

Hiroshima
je te prononce maintenant
dans ma langue
...
dans les branches musicales tissées
par le hurlement de mes rêves

Mais personne
frères japonais
personne jamais ne saura
demander pardon

Personne ne prononcera Hiroshima
avec le délicat accent
d'une porcelaine millénaire

Personne ne doit oublier !!!

Hiroshima n'est plus
un fil de soie
sur la taille du couchant
un fin visage
d'ivoire et porcelaine

Hiroshima est maintenant
parole de mémoire
qui déambule cherchant
des gorges apaisées

HIROSHIMA MEMORIA

Tu rostro de marfil estalló
en frágil instante de dioses
...
densidad de mercurio
silabeó en vientos
tu aliento planetario
...
y ya no fuiste más

hilo de seda acariciando
la cintura del poniente

¡¡¡Que nadie olvide!!!

Hermano de los Andes
diles tú
grítales Hiroshima en quechua
...
dilo con tu música
de quenas y charangos

Hiroshima será eco
de cordillera en la memoria

Hermano del Africa
diles tú
susurra Hiroshima en bambará

Hiroshima sera código
de tam-tam en el aire

himno yoruba o lingalá
entre tus mares

sonido alado de baobabs
en el desierto

Hiroshima

en mi lengua te pronuncio
...
en las ramas musicales
que tejieron
el alarido de mis sueños

Pero nadie
hermanos japoneses
nadie nunca sabrá
pedir perdón

Nadie pronunciará Hiroshima
con fino acento de porcelana milenaria

¡¡¡Nadie tiene que olvidar!!!

Hiroshima no es más

hilo de seda
en la cintura del poniente

fino rostro
de marfil y porcelana

Hiroshima es ahora

palabra de memoria
que deambula buscando
la paz de las gargantas.

JULIEN BLAINE
(France)

1 poëme pour l'Ukraine

Alors ça y est :
Tu as près de 80 ans
Tu as passé toutes les épreuves
Celles du trentenaire
Et celles du quadragénaire
Et celles du cinquantenaire
Et celles de la Sortie de quarantaine
Et celles du sexagénaire
Et celles du septuagénaire
Bientôt tu auras fini de passer celles de
    l'octogénaire…

Tu auras vu disparaître tous tes amis
Un à un
Ou soudain en groupe
En ribambelle !
Le premier à partir t'a pris par surprise
Le second fut aussi étonnant
Après, s'en allèrent tes amis bien plus vieux que toi
Ça s'admettait…
Puis des bien trop jeunes

Accidents, maladies, alcoolismes, overdoses,
suicides…
Une kyrielle.

Alors tu es presqu'octogénaire
Et c'est l'hécatombe
Ils partent.
Te voilà de plus en plus isolé
Seul !
Tu regardes avec anxiété celles et ceux qui te restent
Angoisse
Désarroi
Détresse
Épouvante
Effroi
Panique
ô calamité !

Nous sommes le 6 mars 2022
Voilà 11 jours que l'Ukraine est sous les bombes
Que la population se porte volontaire pour se
défendre contre les criminels russes
Que les femmes et les enfants fuient en Pologne et
plus loin encore
Que les vieux sont abandonnés au fond de leur
cuisine
Ou au creux de leur fauteuil roulant

Que les gens meurent éventrés, éclatés, éparpillés
Que les centrales nucléaires sont attaquées
Que le ciel ukrainien n'est toujours pas interdit à l'aviation militaire russe

Ô Javelin !
Le FGM-148 Javelin
est un lan
ce-missiles anti
char porta
ble améri
cain dével
oppé dans les a
nnées 1980, et dé
ployé à part
ir de 1996.
Il rempla
ce le lan
ce-missiles M-47 Dra
gon au sein des for
ces armées des É
tats-U
nis, lequel com
mençait à man
quer d'effica
cité contre les blind
ages modernes.

Char
Char
h
C
a
r !

Alors bientôt octogénaire
Tu te dis
J'ai fait à peu près
Un peu bien
Un peu mal
Ce que j'avais à faire
Un peu mieux
Quelquefois pire
Mais à peu près ce que j'avais à faire…

Combien d'enfants
Combien de jeunes gens
De trentenaires
De quadragénaires
De cinquantenaires
De sexagénaires
De septuagénaires
Ne pourront pas faire ce qu'ils avaient à faire ?
Ne pourront pas faire ce qu'ils avaient à faire ?

Ne pourront pas faire ce qu'ils avaient à faire ?
Ne pourront pas faire ce qu'ils avaient à faire ?
Ne pourront pas faire ce qu'ils avaient à faire ?
Ne pourront plus faire ce qu'ils avaient à faire ?

(6 mars 2022)

PEDRO ENRIQUEZ
(Espagne)

Des mots sur le sable

Éphémère est la paix
comme paroles sur le sable.

J'écris sur l'eau
la forme des limbes,
un crayon de pierre
qui cherche la blessure
profonde de l'homme,
les lignes incendiées
de la lumière et de l'espérance.

Encore une autre fois
j'inscris des signes,
un nuage fugace m'envahit
sous le ciel des mouettes,
une lamentation de vagues,
la musique du pleur
profond de l'Histoire,
l'étreinte du cosmos,
l'appel mystique
du nom de Dieu.

J'écris, je réécris
        Paix,
témoin de l'écume,
ce que mes mains apportent
chaque syllabe l'efface
instants, comme les ailes de l'oubli.

J'embrasse le destin de l'homme
un silence de silice
sur la plage déserte,
la pensée première-née
d'une Terre de paix.

Je me nourris de soleil
et chemine dans l'incertain,
sur mes pieds nus
une fleur rouge de flamboyant
        dessine les vergetures du rêve,
le mystère de la graine.

(Traduction Francis Combes)

Palabras en la arena

Efimera es la paz
como las palabras en la arena

Escribo en el agua
las formas de un limbo
lápiz de piedra
buscando la profunda
herida del hombre,
líneas encendidas,
de luz y esperanza.

Una y otra vez
escribo señales
me ununda una nube fugaz
bajo elcielo de las gaviotas,
un lamento de olas,
la úsica delprofundo
llanto de la Historia,
el abrazo del cosmos,
la llama mística
de nombre de Dios.

Escribo y reescribo
    Paz,
testigo de la espuma,
la entrega de mis manos
borrada en cada sílaba,

instantes con alas de olvido.

Abrazo el destino del hombre,
un silencio de sílice
en la paya desierta
el primigenito pensamiento
de una tierra en Paz.

Me alimento de sol
y camino en lo incierto,
en mis pies desnudos
una flor roja de flamboyán
     configura las estrías del sueño
el misterio de la semilla.

IOULIA NEMIROVSKAÏA
(Russie)

Le globe

Les ombres sont des cartes sous nos pieds.
Marcher dessus fait peur : nous y sommes peut-être.
Les réfugiés emportent en fuyant leurs villes,
Et tout remettre en place est une vraie gageure.

Face au globe figé on est pris de tournis.
Où sont sa rotation, son pied d'acier, son axe ?
Les bus branlants et les voitures sur la route
Immobiles attendent que le temps reparte.

Plus de nuits ni de jours. Tu te souviens, papa
Disait en l'éclairant : « Fais-le tourner pour voir ».
En dormant tu tombais du globe, tu te réveillais en
larmes,
Puis tu te rendormais, respirant le futur et les brins
de poussière.

(Traduction Christine Zeytounian-Beloüs)

ГЛОБУС

Тени картами распластаны под ногами.
Наступать страшно - а вдруг мы там?
Беженцы берут с собой города, убегая,
Ничего уже не расставить назад по местам.

Голова кружится при виде застывшего глобуса.
Где его витки, стальная ножка и ось?
Только очередь из машин и валких автобусов
на шоссе застыла, пока время не началось.

Нет ночей и дней. А помнишь, папа брал лампу,
говорил: «Вокруг ходи, крути земной шар
- и поймешь, как устроено». Во сне ты с шара
соскальзывал, плакал,
просыпался, опять засыпал - будущим, пылью
дыша.

OLIVIER MAYER
(France)

Six Haïkus pour la Paix

Étale de basse guerre

Deux voisins, même immeuble.
Elle jeune. Lui abject vieillard.
Une seule bombe a suffi

Danger enfants

Au bord du cratère large et profond
De la décomposition générale,
Seul intact, l'ours en peluche

Mauvais présage

Près de la mare aux grenouilles
Le saule, de tous ses chatons,
Pleure la fuite de la colombe

On n'est pas si bête

Les grands du monde ont décidé
Qu'il ne devait y avoir qu'un vainqueur
(Et donc des millions de vaincus)

Tête printanière

C'était au temps des jonquilles
Par centaines vos missiles
Ont fait une belle cueillette

Déséquilibre

La guerre vient de partout
Du ciel de la terre de la mer
La Paix, elle, ne viendra que de nous

ANUPAM ROSHI
(Népal)

Nef des infortunes

Quand je l'ai touché
Je crus que je touchais le ciel
Et c'était comme si ce monde azur
Était tout moite de mes sentiments
Et que la lune toute proche me souriait.

À ce moment
Où j'ai cueilli une étoile si belle dans le ciel
Et l'ai accrochée à sa poitrine,
Il a souri
Et il m'a embrassée ;
Insouciante j'ai dormi dans son étreinte.

Quand je me suis éveillée
Il n'y avait plus ni le ciel que j'avais touché
Ni cette étoile si belle
Que j'avais accrochée à sa poitrine.
Il n'y avait dans ce qui restait
Que la nef des infortunes qu'il avait laissée
Où je dois voyager pour le restant de mes jours.

(Traduction Alexis Bernaut)

अनुपम रोशी

पीडाको जहाज

उसलाई छुदाँ लागेको थियो
मैले आकाशलाई छोएकी छु
त्यो निलो संसार
मेरो अनुभूतिको निश्वासमा भरिएको छ
र म नजिकै मुस्कुराई रहेको छ चन्द्रमा

त्यतीबेला
आकाशकै सुन्दर नक्षत्र टिपेर
मैले उसको छातीमा टासिदिए
ऊ मुस्कुरायो
र मलाई अंगालो हाल्यो
म उसको अंगालोमा निस्फिक्री निदाए

ब्यूझिदा
न मैले छोएको आकाश थियो
न थियो मैले उसको छातीमा टासी दिएको
प्रेमको त्यो सुन्दर नक्षत्र
थियो त केवल
उसले छोडेर गएको पीडाको जहाज
जसमा मैले बाचुञ्जेल यात्रा गर्नु थियो ।

BERNARD ASCAL
(France)

En dépit de toute notre confiance
en nos dirigeants civils
de notre foi en nos chefs militaires
en dépit de leurs discours encourageants
de leurs allocutions lénifiantes
de leurs exhortations apaisantes
nous n'étions pas très rassurés

Verdun Stalingrad
les baïonnettes le napalm
ça laisse des traces dans les mémoires
ça ne s'oublie pas si facilement
mais cette fois
probablement la première de l'Histoire
ça s'est bien passé

Le compte à rebours
l'implosion-explosion
les retombées
tout s'est déroulé suivant le canevas prévu
et nous comme promis
sans le moindre mutilé
Nous
à quelques interminables agonisants près
anéantis.

AYO AYOOLA-AMALE
(Ghana)

Nous rassemblons les silences

Nous voyons nos esprits bossus,
le bruit mental assis, droit, jambes croisées
noyé dans les combats, Autruche pensant entre
deux souffles
ne portant nulle vie. Et plonge, au plus profond –
Ces voix notre tête, le monde entier
pleure comme un petit enfant
dont la mère lui fut arrachée.
Et rien qu'on puisse citer, stagnant.

Nous disparaissons, cœurs et pieds.

Les âmes sont gangrénées, malades de
corps brisés de mères bombardées
qui se sont jetées sur leurs enfants.
De nos esprits quelle part est un bouton de rose ?

Notre humanité matelas fatigué
Nos enfants palais de verre écrasés par un train de
passage.
Ces voix notre tête monde entier,

mais cela aussi, a dégringolé les échelons de
l'urgence.

L'artillerie au cœur des hommes comme les méduses
immortelles,
les fascistes, les marchands d'armes qui assistent et
soutiennent et ne portent pas la vie.
Ils tuent chaque jour amplement, hâtent la mort,
baleines

à l'appétit de colibris, nos âmes.

Ces voix nos têtes, monde entier
comme ouaouarons jamais ne dort.

La guerre pend nos têtes à l'envers, en ruines.
La guerre nous prend comme « entre le marteau et
l'enclume », ample tuerie.
La guerre avale nos souffles en un deuxième hymne
funèbre, donne de l'ombre à la voix,

Mais nous sentons s'étendre nos tribulations comme
un poisson-globe.
Quelle part de nos esprits est un bouton de rose ?

L'esprit lui-même oublie le diable python qui
tentait de nous avaler

mais qui reste dans nos tiroirs.

Mais les menaces de robots tueurs poussent comme
des fleurs sauvages.
Pour le moment nous sommes faits victimes pour
les marchands d'armes qui ont décidé que nous
ne pouvions vivre.
Les chimpanzés voient bien que nous ne voulons
rien savoir de ce qui nous tue

encore et encore en une querelle sans fin

qui nous prend nos vies pour rien.
Ces voix notre tête, monde entier.
De nos esprits quelle part est un bouton de rose ?

(Traduction Alexis Bernaut)

Gathering Silences

We can see our minds hunched backed,
the mental noise sits up straight cross-legged
drowned in battles, Ostrich thinking between breaths
carrying no life. Plunging low, the deepest-
These voices our head, whole world
crying like a little child
whose mum was snatched away.

And nothing you can name, becalmed.

We are vanishing, heart and feet.

Souls are plagued, dis-ease with
broken bodies of bombed mothers
who threw themselves on their children.
How much of our minds are rose buds?

Our humanity are ragged mats
Our children like a glass house crushed by a traveling train.
These voices our head, whole world,
but this too has fallen many rungs down the urgency ladder.

The artilleries inside men like the immortal jellyfish,
the fascists, the firearm merchants that aid and abet bring no life.
They make large kills every day, hasten dying, whale of an appetite
eating like hummingbirds, our souls.

These voices our head, whole world
like bullfrogs never sleeps.

War gets our heads hung upside down, ruined.
War gets us like 'in between the devil and the deep blue sea,' a large kill.

War swallows our breaths in a second dirge, give shadow
    to voice,
then again we feel our tribulations expand like a puffer
    fish.
How much of our minds are rose buds?

Even the mind forgets, that was the devil python trying
    to swallow us

yet it remain in our drawers.

then again, killer robot threats grow like wildflowers.
Up till now we are made into victims for firearm traders
    that decide we cannot live.
Chimpanzees can tell we don't want to know what slays
    us

in an unending strife again, and again

taking our lives for nothing.
    These voices our head,
whole world.
How much of our minds are rose buds?

AZAM ABIDOV
(Ouzbékistan)

Adieu à la Terre

Où est votre front
Terre-Mère ?
Mon ami vietnamien
Sur Facebook
Me prend dans la station spatiale
Qu'il a construite au cours de son enfance heureuse.
Par la même création
Avec la même chair
Et même le même dieu
Nous n'œuvrons pas assez
Pour promouvoir l'Échange d'Amour :
Mes larmes ne peuvent éteindre
Les grands incendies d'Australie,
Je ne peux plus respirer
À cause de tous ces êtres humains qui meurent,
Ces animaux, ces oiseaux, un peu partout.
Mon ami m'a dit
Que je serais le premier poète
Dans sa station.
Je peux donc emmener avec moi
Quelques compagnons
D'où que ce soit,

Y compris l'Irak,
La Corée du Nord,
L'Iran, l'Ukraine, les États-Unis
Pour mettre en nourrice
Notre malheureux échange
Et être capables
D'étendre
L'ombre de la Paix
Au-dessus de vous
Terre-Mère.
Vous méritez
Toutes les merveilles
Que pourrait offrir l'existence !
Mais moi je ne vous mérite pas.
Alors, où est votre front ?
Je veux l'embrasser
Vous remercier
Et vous dire au revoir.

(Traduction Francis Combes)

Farewell to Earth

Where is your forehead,
Mother Earth?
My Facebook friend
From Vietnam

Is taking me to his
Space Station
He has built in his blissful childhood.
With the same creation,
The same flesh
And even the same God
We are not working enough
To promote
The Exchange of Love:
My tears cannot extinguish
Big fires in Australia,
I cannot keep breathing anymore
Because of dying humans,
Animals and birds all over.
My friend told me
I will be the first poet
In his station,
So I can take some fellows to join
From elsewhere,
Including from Iraq,
North Korea,
Iran, Ukraine and U.S.
To foster our poorest exchange
And be able to cast
The Shadow of Peace
Over you –
Mother Earth.
You deserved all
Wonderful things

Existence could offer!
But I don't deserve you.
So where is your forehead?
I want to kiss and thank you,
And say good-bye.

ANTON PAPLEKA
(Albanie)

Anxiété

Au petit matin
En m'approchant de la radio
Je me sens comme le personnage d'une légende
Qui parvient à l'entrée d'une grotte
D'où risque de surgir un monstre
Assoiffé du sang d'une belle princesse

En surmontant mon anxiété
J'allume la radio qui dit :
L'Ukraine est mordue férocement
Par des mâchoires d'acier
Longues de plusieurs kilomètres
Mais Kyiv bombardée assiégée
Résiste toujours
L'Ukraine ne rend pas les armes

Aux sons de l'ancien kobzar
Le barde immortel Tarass Chevtchenko
Célèbre la liberté de l'Ukraine
Sur les champs mordorés de ce vaste pays
Les vents joueront avec les tresses des épis mûrs

Les toits des villages et des villes ukrainiens
Seront survolés par des blanches colombes
Et vers le ciel où hurlent lugubrement les sirènes
Se lèveront les voix et les rires des écoliers

La radio répète inlassablement :
Kyiv bombardée assiégée
Résiste toujours
L'Ukraine ne rend pas les armes !

(Paris, mars 2022)

ANTONIN ANDRÉ RÉQUÉNA
(France)

Vivre

L'échauffement du corps est aussi une préparation
de l'esprit
Dimitri n'ose pas regarder sa partenaire
Le regard d'Anastasia est dans le flou et ses yeux
sont rouges
Va-t-elle réussir à dégager son corps de cette douleur
qui, comme un poison, lui coule dans les veines
Le visage de sa mère ne le quitte pas
Il entend encore sa voix, rassurante et apeurée
Mais comment est-ce possible ?

Tout cela est-il bien réel ?
Pourquoi ?
Plus que quelques minutes puis le public
la musique, la scène
La scène, sa vie, leurs vies
Il sait que malgré cette boule au ventre
et ses doutes, sur la futilité, l'absurdité
la cruauté du monde, ils s'élanceront au bon
moment

Danser pour vivre, pour exister, pour tous ceux qu'il aime
et pour tous ceux qui résistent là-bas ou ailleurs
Créer un instant
fugace et intemporel
qui peut-être se fixera dans l'éternité
...Danser par temps de guerre c'est aussi souffler dans l'œil du monstre.

CHRISTIAN MOROY dit KIKO
(France)

Nom de Noms

Les enfants pleurent
Toujours bloqué(e)s jour & nuit dans des
caves obscures
Les missiles fusent & explosent tout au-dessus
Les gravats tombent des plafonds
Les œuvres d'art s'épuisent
Le Peuple s'échine
La tragédie
frissonne dans les bas-fonds
Ici en France
Rien ne presse plus qu'une élection tirée
d'avance

presque bidon
Que reste-t-il déjà du souvenir
de la misère des Ukranien(ne)s
Entre la flopée de publicités trop
bien digérées
&
pourtant mensongères
Au même titre que toute autre propaganda
Celleux qui luttent sont rivé(e)s sous les verrous

Elleux qui dénoncent
qui ont choisi de parler librement
d'agir en conséquence
Sans plus
rien craindre de la mort
Mais la monotonie des jours tranquilles reprend le dessus
C'est une simple question de tributs

d'argent

d'armes

& de pouvoir
Les êtres humain(e)s
oublient vite
Illes ont aussi la mémoire courte
C'est la guerre en Europe
Juste à un bras de chez elleux Pas encore sur leur terre
La majorité préfère tourner le dos aux certitudes
Même si les shamans ont prédit leur fin
L'Histoire est une mélodie triste à en crever dedans
À ne plus tenir compte
des horreurs de la bombe A

Illes préfèrent boire un bon coup
Que d'ouvir leurs yeux glutés sur un nouveau génocide
Orchestré là Juste à leurs frontières
C'est seul(e)s
C'est tou(te)s seul(e)s que les Ukrainien(ne)s ployent en héros

ou trépassent en héroïnes

Kiko – Paname – mercredi 27 avril 2022 – Début d'après-midi

SAFIYE CAN
(Allemagne)

Hors du monde

Si seulement je pouvais
me cacher du monde
derrière ton dos
jetant de temps en temps
un coup d'oeil
pour voir, juste pour voir
un peu
s'il reste encore ici des fleurs
pour fleurir.

Si seulement je pouvais sourire à une personne
et faire ainsi disparaître tous ses tourments
et protéger aussi l'animal
de la personne
le plus fragile insecte, le plus massif éléphant.

Si seulement je pouvais
me cacher du monde
Derrière un poirier, comme ça,
fermer mes yeux et savoir
pour un instant, juste savoir :

qu'au dehors il n'y a pas de guerre, nulle part
personne ne tue une autre personne
personne ne tue un animal
absolument rien n'est tué
Que ce soit approuvé ou pardonné
Il n'y a pas d'avarice.
Et rire aux éclats
car tout le reste est absurde
si incroyablement ab-solu-ment absurde

Si seulement je pouvais
me cacher du monde
dans un nuage peut-être
jeter un coup d'œil
de temps en temps
juste un coup d'œil
pour voir si en bas il y a des enfants
qui bâtissent des châteaux de sable,
s'il y a encore
des abeilles qui volent, des phoques qui nagent.

Si seulement je pouvais me cacher
derrière ton dos
plus jamais déchirée par la réalité
Et cette réalité déchirée
par tout notre amour.

Vor der Welt

Wenn ich mich doch verstecken könnte
vor der Welt
hinter deinem Rücken
nur hervorlugen manchmal
um zu schaun, bloß um zu schaun
ein bißchen
ob dort in der Ferne auch Blumen blühn
weiterhin.

Wenn ich doch den Menschen anlächeln könnte
und damit nehmen all seinen Kummer
und beschützen könnte wiederum das Tier
vor dem Menschen
das zerbrechlichste Insekt, den wuchtigsten Elefanten.

Wenn ich mich doch vor der Welt
verstecken könnte
mit einem Handstand, einfach so
die Augen schließen und wissen
für einen Moment, wissen nur:
da draußen gibts keinen Krieg, nirgendwo
der Mensch tötet keine Menschen
der Mensch tötet kein Tier
überhaupt wird nicht getötet
nicht billigend in Kauf genommen
und es gibt keine Habgier.
Und laut lachen könnte

da alles andere absurd
so dermaßen ab-solut ab-surd wäre.

Wenn ich mich doch vor der Welt
verstecken könnte
in einer Wolke vielleicht
nur hervorlugen manchmal
um runter zuschauen, bloß um zu schaun
ein bißchen
ob da unten Kinder auch Sandburge bauen
Bienen fliegen, Robben schwimmen
weiterhin.

Wenn ich mich doch verstecken könnte
vor der Welt
hinter deinem Rücken
nimmer zerbrechen würde an der Realität
die Realität zerbräche
an unser aller Liebe.

(aus: Kinder der verlorenen Gesellschaft, *Gedichte, Wallstein Verlag)*

SERGE PEY
(France)

Le paysage travaille
à être une femme qui marche
Les arbres portent
de l'eau sur leurs dos
La terre pète avec les crapauds
La liste est infinie

Le silence n'a plus besoin
de demander le silence
J'ai tout vérifié
Le silence est sans autorisation
Le paysage ne se doute de rien
Je l'ai dénoncé au feu
plusieurs fois
avec un morceau de bois

Je marche vers la tombe rouge
que le mort s'était creusé
sur la colline
Il avait pensé
qu'on n'était jamais mieux
servi que par soi-même
loin des géométries

Il avait choisi des os de corbeau
et des becs de merle
pour le manche de son drapeau
Les nuages complétaient la géographie
des prières
Il avait même laissé un poème
qu'une pierre à genoux lisait
de temps en temps

C'est une histoire que se racontent
les fusils quand ils se rassemblent
sous leurs masques de feuilles mortes
La bicyclette rouillée qui dormait
dans le fossé ne me démentira pas

JANA BOXBERGER
(République tchèque)

Pourquoi ?

À travers le village cheminaient deux enfants.
Du fond de mon jardin où j'arrachais des herbes,
j'entendis l'un d'eux dire : « Il faut que je lui donne
à boire, ou il mourra. » C'était le plus jeune d'eux.
Il n'avait pas encore appris à dire « r ».

Un si petit enfant, que sait-il de la mort ?
Où a-t-il pu apprendre un mot si important ?
Puis, j'arrosai les fleurs plantées pour le printemps.
L'enfant avait raison. Il fallait leur donner
à boire, ou elles mourraient.

Non loin de ce village, dans un très beau pays,
quelqu'un a mis des armes entre les mains de gars
à peine un peu plus grands, pour qu'ils tuent
    d'autres gars,
des filles et des femmes, des bébés, des vieillards.
Les hommes ont pris les armes, se sont mis à tirer.

Où est cette sagesse qu'enfants, ils possédaient ?
L'ont-ils perdue un jour, en jouant au soldat ?

Que pourra leur donner celui qui les envoie,
à qui ils obéissent, confiants, le craignant,
quand, soudain, une balle déchirera leur cœur ?

Que leur fera-t-il boire, au moment de leur mort,
pour étancher en eux
leur soif de vivre ?

5. 5. 2022

(Traduction Jana Boxberger)

Proč?

Ve vsi po chodníku šly dvě malé děti
a já, ze zahrady, kde jsem plela trávu,
jasně uslyšela, jak jedno z nich říká:
«Musím mu dát napít, jinak umře žízní.»
Bylo to to mladší, ještě neumělo ani říkat «ř».

Ví tak malé dítě, co znamená umřít?
Kde se naučilo tak veliké slovo?
Pak jsem zalévala trsy jarních květin.
Dítě mělo pravdu.
Musím jim dát napít, nebo zemřou žízní.

Nedaleko odsud, v jedné krásné zemi
trochu větším chlapcům kdosi rozdal zbraně,

aby zabíjeli jiné mladé chlapce,
dívky, muže, ženy, kojence i starce.
A oni je vzali a začali střílet.

Kde je ona moudrost, kterou měli v dětství?
Ztratili ji někde při hře na vojáky?
Čeho jim dá napít, ten který je poslal,
koho uposlechli, komu důvěřují nebo se jej bojí,
až zbloudilá střela rozerve jim srdce?

Čeho jim dá napít, v okamžiku smrti,
aby v nich uhasil
žízeň po životě?

JEAN-PIERRE SIMÉON
(France)

Stabat Mater Furiosa
(extrait)

je n'ai pas inventé le drame oh mon dieu le drame
ni la tragédie ah la tragédie
et le trait de l'épouvante et du dégoût
il est épais assez dans la chair des hommes et
je n'y suis pour rien
ma prière voilà comment commence ma prière
j'aime que le matin blanc pèse à la vitre et l'on tue
ici
j'aime qu'un enfant courant dans l'herbe haute
vienne à cogner sa joue à mes paumes et l'on tue
ici
j'aime qu'un homme se plaise à mes seins et que sa
poitrine soit un bateau qui porte dans la nuit et
l'on tue ici
j'aime qu'on bavarde à la porte du boulanger quand
il n'y a d'autre souci que le bleu du ciel étendu
sous la théorie des nuages et l'on tue ici
j'aime qu'à quelques-uns on s'ennuie paisiblement à
observer le vent dormir sur les toits de la ville et
l'on tue ici
j'aime qu'on bâtisse une fleur pour la fleur dans le

loisir insipide du jardin et l'on tue ici
j'aime que la pierre roule dans la rivière et que cela fasse un bruit de clarinette et l'on tue ici
j'aime que les heures ne soient que le temps qui passe pour faire les heures et l'on tue encore ici encore
et voilà comment continue ma prière
êtes-vous là encore êtes-vous là mangeurs d'ombre
je crache
je crache sur l'homme de
l'homme de guerre
je crache sur le guerrier de la prochaine
de la prochaine guerre
qui joue aujourd'hui avec son ours en peluche les ailes des mouches et
la poudre rouge et bleue des papillons
je crache sur l'esprit de guerre qui pense et prévoit la douleur
je crache sur celui qui pétrit la pâte de la guerre
et embrasse son sommeil quand on cuit la mort au four de la guerre
je crache sur le ruisseau de sang qui tombe des doigts du vainqueur
comme un mouchoir par mégarde tombe au caniveau
je crache sur celui qui fait d'un corps de femme une chair ouverte

une chair bleue qui était blanche
couverte de guêpes qui était faite pour le baiser
déchirée qui était comme une soie pour le soleil
je crache sur la haine et la nécessité de cracher sur la haine
homme de guerre je te regarde
regarde-moi
[....]

MARIE-LAURE COULMIN KOUTSAFTIS
(France - Grèce)

Jeux de la guerre et du hasard

Cette enfant qui jouait
avec sa poupée.

Cet homme qui sirotait son café après une journée
de
travail.

Ces femmes qui discutaient
dans la rue.

Ce vieillard qui s'éteignait doucement
entouré de ses enfants
enfin réconciliés.

Ce bébé qui tétait
sa mère.

Cette jeune femme
qui allaitait son nouveau-né.

Ce jeune garçon qui se rasait

pour la première fois.

Cette mère qui veillait
son fils malade.

Cette fillette qui caressait
son chat.

Ce chien et son maître,
heureux de se retrouver.

Cette vieille femme qui ramenait le pain
du village voisin.

Ce père qui jouait avec son fils.

Ces enfants qui écrivaient la dictée du matin,
en s'appliquant pour écrire bien.

Cet homme qui courait
après sa fiancée fâchée.

Cette grand-mère qui attendait une lettre
de son fils.

Ces petits qui jouaient à la marelle
dans la cour.

GIANCARLO CAVALLO
(Italie)

Il n'y a pas de mots pour ça
(Lettre à Pasternak)

Où es-tu passé, Pasternak ?
Tu t'es peut-être caché dans ta datcha,
Ou tu es mort d'une crise cardiaque avec ton
 Zivago ?
Tu t'es suicidé avec Vladimir et Marina ?
Boris, personne ici ne lit plus tes vers,
tout le monde est perdu dans les balivernes des
 infos,
prêt à acclamer le prochain homme
de la providence, qui sauvera le monde
avec des mots explosifs, avec des atomiques
déclarations, avec de très vrais mensonges.
Les feuilles, les écorces, les branches ruissellent
 de la lumière du soleil couchant.
Le train de Lara a été bombardé,
brûlées toutes les paroles d'amour,
même les virgules, les points,
et les parenthèses rondes...
Où es-tu passé, Pasternak ?

Et quels temps sont-ils ceux ci
si inaptes à tes vers,
si impropres aux faibles cœurs
des êtres humains désespérés.

(Traduction Francis Combes)

Non esistono le parole per dirlo
(Lettera a Pasternak)

Dove sei finito, Pasternak?
Ti sei forse nascosto nella tua dacia,
o sei morto di infarto col tuo Zivago?
Ti sei suicidato con Vladimir e Marina?
Boris, qui nessuno legge più i tuoi versi,
tutti sono persi nelle frottole dei telegiornali,
pronti ad acclamare il prossimo uomo
della provvidenza, che salverà il mondo
con parole deflagranti, con atomiche
dichiarazioni, con verissime menzogne.
Le foglie, le cortecce, i rami grondano
della sanguigna luce del tramonto.
Il treno di Lara è stato bombardato,
incenerite tutte le parole d'amore,
polverizzate perfino le virgole, i punti,
e le parentesi tonde…
Dove sei finito, Pasternak?
E che tempi sono questi
così inadatti ai tuoi versi,

così inadatti ai deboli cuori
dei disperati esseri umani.

MARC DELOUZE
(France)

Sonnet pour ceux qui ont eu la chance de mourir avant le 24 février 2022

Vous qui êtes partis en regrettant ce monde
que vous abandonniez, qui vous abandonnait
vous qui vous affligiez de lâcher cette ronde
des vivants bien vivants qui déjà oubliaient

votre mémoire et vos douleurs et vos désirs
vous avez emporté l'illusion risible
que malgré nos malheurs on allait s'en sortir
que rien n'était plié que tout était possible

en dépit des nuits sombres et des jours moroses
vous aviez conservé le goût sucré des choses
avant d'avoir goûté à l'amertume ultime

vous avez échappé à l'inimaginable
avant qu'on vous soumette aux plus sombres régimes
vous avez su à temps débarrasser la table

(Fécamp 15/03/2022)

SUJATA BHATT
(Inde)

La Guerre

Toute guerre est LA GUERRE.
Elle dévaste nos rêves.
Elle nous fait serrer
contre nous nos enfants.
Elle nous laisse sans voix.
Et nous disons que nous comprenons,
Mais nous ne comprenons pas.

(Traduction Francis Combes)

The War

Every war is THE WAR.
It erodes our dreams.
It makes us hold on
to our children.
It makes us speechless.
And we say we understand
when we don't.

JÜRI TALVET
(Estonie)

L'été dans mon pays

Ce Lucifer, ce Cerbère, ce tsar,
ce voisin – avec ses dix rangées de dents acérées,
qui chaque nuit et chaque jour s'apprête à porter
un nouveau déguisement – cet être qui jamais ne
dort
derrière tous ses masques, la bouche dans le crâne
sans yeux, Minotaure qui gruge des vierges
sans pour autant se consoler, celui dont le cœur
pourrit, serait-il à tout hasard éternel ?

Je cherche au fond de mes poches, mes recettes
se sont mélangées : où donc ai-je mis l'agape et eros,
où ai-je rangé philos ?
Ils sont tous obsolètes depuis longtemps, aucun n'a
de valeur !

On est à court de réponses, et pourtant,
dans le ciel d'hier j'ai revu des hirondelles décrivant
leur vol précipité, ces bribes estivales venues du sud,
tandis que la nuit, toi peut-être, mère, tu m'aurais
hissé
encore plus haut, dans les montagnes, là où
l'horizon,

de sa lumière, m'a frappé en plein dans les yeux :

je respire l'arôme de résine du pin, la senteur
d'épine du sapin, l'odeur de la neige, de chez moi,
et d'un pays sans nom.

(Traduction Françoise Roy)

Suvi Koduumal

See Lutsifer, see Kerberos, see tsaar, see
naabrimees – terashambaid kümme rivi, igaks
ööks ja igaks päevaks valmis pandud uus mask –,
see kes eal ei maga, kõikide maskide taga
silmitus kolbas suu, Minotauros, kes järab
neitseid, aga lohutust ei saa, kel süda mädaneb
– ons igavene ta?

Koban taskuid, segi läinud on retseptid – kuhu
said agape ja eros ja kuhu pistsin philose?
Kõigil tähtaeg ammu möödas, ükski ei kõlba!
Vastust pole, ent eile oma taevas kihutamas ringi
taas pääsukesi nägin, tillukesi suvekilde lõunast,
öösel aga vist sina, ema, seisatama panid
paigas kõrgemas mind, mägedes, kust vaatepiir
valgusega silmi lõi:

männivaigu ja kuuseokaste,
lume, kodu ja nimetu maa lõhna hingan.

(2014)

CĂLINA TRIFAN
(Moldavie)

Je t'ai envoyé, frère,

Une jonquille baignée de soleil
Je t'ai envoyé dans l'au-delà
Un trèfle aussi à quatre feuilles

Enterré sans croix ni bougie,
Ont-elles pu te retrouver ? N'étaient-elles pas fanées ?
Pour qu'elles durent, fixe-les dans du formol

Ceux qui parlent le langage du silence
Je les écoute fébrilement
Mais c'en est trop pour moi

Allez, ne fais pas le mort
Tu vas effrayer les vers de la mort
Et tu les auras sur ta conscience, frère !

(Traduction du roumain en français – Maria Hîncu-Patanchon)

Ți-am trimis, frate

O narcisă scăldată în soare
ți-am trimis în lumea de-apoi
și-un trifoi cu patru foi

îngropat fără cruce și lumânare
te-au găsit? Nu erau ofilite?
Ca să dureze – ține-le în formol

pe cei care vorbesc limba tăcerii
cu sufletul la gură-i ascult
dar asta-i prea mult

hai, n-o face pe mortul
c-ai să sperii viermii de moarte
și-i vei avea pe conștiință, frate!

MICHEL MÉNACHÉ
(France)

Guerre éclair

Sous la cendre
couveront les couleurs nouvelles
qui fleuriront la terre morte
du premier hiver nucléaire
sans yeux ouverts
pour partager leur beauté

NURDURAN DUMAN
(Turquie)

liés et allumés

des pierres au sol du sel aux livres
tous porteurs de vie !
venez, maintenant, approchez
un pas unique ici, trois temps sur trois déjà

barrières intérieures palissades extérieures, décisions
le mal un accident le moi est pur pur comme la nature

chaque nuit quand vient le sommeil
quiconque pourrait ensevelir une pincée de ténèbres
sous les arbres tout au fond de l'eau

cœurs sincères liés ensemble
ne pouvons-nous pas frapper des pierres et allumer le
feu ?

çatım çakım

taştan toprağa tuz ile kitaba
tüm yaşam sahipleri!
çıkın artık çıkın ileri
işte ayak ucunuz üçün vakti

iç engel dış önlem, seçimler
kötülük bir kaza insan iyidir iyidir doğa

her gece uyumadan önce
herkes tutam karanlık gömse
ağaç altına bir su dibine

kalbi kalbe çatan insan
iki taşı çakamaz mı birbirine?

WILLIAM HEYEN
(USA)

Invasion

Les tournesols
par millions
se rappellent
l'Ukraine.

À chaque fois
que vous en voyez un
faites une prière
pour l'Ukraine…

(Traduction Francis Combes)

Invasion

Sunflowers
by the millions
remember
Ukraine.

Whenever
you see one
say a prayer
for Ukraine…

JONAS CHARLECIN
(Guyane)

Vers d'incendies

Une matinée ensoleillée comme
Jamais on n'en avait vue
Une ondée de braises
Ces averses passant la nuit maléfice

La nature seule a préservé son originalité la nature
seule
Voilà pourquoi l'Homme l'a en haine
Depuis les obsèques d'Adam
Ève n'a jamais été autant veuve

« Des Milliards Des Milliards
Il faut des Milliards ! » Clame l'Homme avide
Dans ce monde capitaliste de rideaux de fer
Un nanti aux USA
Une Cosette en RDC qui furète la pierre

Des pleurs des pleurs mes amis où êtes-vous
De la faune à la flore la forêt s'inclinant
Dépourvue de toute brillance
Des pleurs des pleurs mes amis je vous cherche

Des mois de feux ravagent mon cœur
Suis-je toujours le poumon vert
Sont-elles tailladées et transitées mes graines
nourricières

Les coutumes de mes pères sont victimes du
Bulldozer

Des enfants sans droits comme
Jamais ils n'ont été jetés dans cette rue
Des vers pour ces criminels comme
Jamais ils n'ont été lus

Enfant tribal de l'Amazonie
Enfant de Congo dans les mines de cobalt
Enfants qui se rassasient de lanières à Madagascar
C'est pour vous que j'écris
Ces vers d'incendie

JEANINE SALESSE
(France)

Aux enfants victimes des guerres

Enfants
Les nôtres
À l'abri dans nos bras et nos foyers

Faim Froid Peur Guerre
Jouent aux quatre coins avec d'autres petits
Et les étreignent
Dans un rire noir

Vides nos mains
Nous ne savons nous opposer
Pauvres nos mots

Doucement
Les branches se caressent au vent
Furtivement
Les flocons s'effleurent avant de se poser
Long suaire tranquille
Témoin peu fiable
De ce qui fut anéanti recouvert
Jamais oublié

Vous secourir
Je n'ai pas su

Les mots étreignent si mal

VERA PAVLOVA
(Russie)

cache-toi lutte fuis
pas assez de larmes pour tous
tout devient clair et
tout en question est remis
on voit le rapport de force
la guerre sait bien si
nous trahissons la patrie
ou si c'est plutôt l'inverse

*

Ne dis pas : je vise à côté
La balle agile ne se perd jamais
Tirer en l'air tue un chérubin
Tirer par terre tue un défunt
Oiseau. Campagnol. Taupe. Libellule
La balle toujours trouve sa cible
N'écoute pas le commandant : jette ton fusil
Écoute ta maman : cache-toi dans un trou

(Traduction Christine Zeytounian-Beloüs)

скрывайся борись беги
на всех не хватает слёз
всё стало понятно - и
поставлено под вопрос
ясна расстановка сил
и знает ответ война
кто кому изменил
мы родине нам она

*

Не говори: я стреляю мим
.Пуля не дура - летит до конца
Выстрелишь в небо - убьёшь херувима
Выстрелишь в землю - убьёшь мертвеца
Птицу. Крота. Стрекозу. Полёвку
Пуля не дура - найдёт себе цель
Не слушай комбата - бросай винтовку
Послушайся маму - забейся в щел

THIERRY RENARD
(France)

Sur la droite

Le soleil rougeoie
Tout à l'heure vers le couchant
je m'en irai en récitant
des vers d'une voix coupable

Je bondirai pressé
en avant
sans perspective sans
autre but que celui d'accélérer
la chute du désir ou
la fin des peines et de la nostalgie

Pour l'instant
les contradictions qui demeurent
me barrent la route
Ma dérive est proche
de celle des continents
Je meurs comme je peux
mélancolique et drôle

Avant de mourir
je voudrais qu'on m'apporte

la paix sur un plateau
Donnez-moi des oiseaux
pour qu'avec eux je m'envole
Donnez-moi des oranges
pour que je les mange
Donnez-moi encore
le temps de vivre

Le mot fin et le mot faim
ne disent pas la même chose
Donnez-moi toute une journée
pour que je la gaspille en vain

(Dans *L'odeur du tabac froid* - inédit)

KEVIN HAYES
(USA)

Bombes d'amour

quand j'ai entendu l'appel
j'ai répondu sans hésitation
en extrême urgence et dare-dare
j'ai couru rejoindre l'armée de l'amour
j'ai pris du galon je fus le général
qui commanda tous les soldats
l'espace d'à peine une seconde ou deux au plus
qui commanda à l'armée de l'amour
d'intervenir au cœur du conflit
de larguer des bombes d'amour
pour qu'advienne la paix pour toujours

(Traduction Francis Combes)

Bombs of Love

when I heard the call
I answered it without any hesitation
responding with most urgent speed
running to join the army of love
rising to become the general

who commanded all the troops
in only a second or at most two
ordering the army of love
to intervene in the conflict
exploding bombs of love
designed to establish peace forever

CHRISTOPHE DAUPHIN
(France)

Vers sur le passeport ukrainien

Les nuages barbelés portent des bérets noirs
Les saisons n'abritent plus de réponse
Et longent la voie ferrée d'un rêve de meurtre
collectif

Les gravats du soir collent à nos semelles
Écorchent la langue des matins possibles
Dans la puanteur de l'horizon

Le monde a changé en une seule nuit
Laissant place à une hémorragie de géraniums et
d'osselets
Un goût amer dans les îles du sang

Le rêve taille ses silex
Et l'oubli de la mer se consume au bout de nos
doigts

Le rêve est l'autre nom de la vie
Et ses paupières tiennent lieu de sommeil
Alors que la mort assume déjà tout l'espace

Le monde se construit dans l'homme que l'on tue

L'avenir vertèbre hachée
La nappe de ketchup
La cathédrale de dollars
Déjà le sang traverse les trottoirs à viandes
Le bleu du ciel s'écrase comme un mégot
Le monde se construit de villages bombardés
De corps mitraillés dans la nuit obscène

Sur le bureau l'ordre règne
Le lait de l'aube vos oripeaux et vos effrois
La mort ce froissement d'insectes

Le monde s'élève sur les lèvres d'Oksana
Pour acquérir un peu de réalité dans l'os du
lendemain
Aux yeux de l'homme qui n'est rien qu'un délire
d'anémone
Masque laissé au vent
Le silence et la mer aux arêtes tranchantes qui nage
encore à Babi Yar

Il n'est pas de stèle ou si petite au ravin de Babi Yar
Rien à Babi Yar le ravin des bonnes femmes

Rien me dit Evgueni

Sinon le gris sépulcral de ses pentes

La terreur plane et Bandera le boucher de Lviv
Rit des dents de toutes ses potences
Les balles sifflent à tous les étages de la nuit
Plus rien ne les retient

Sur les trottoirs la viande est crue
La vie a des fenêtres molles
Et l'Holodomor s'y enfonce

Ma page s'épure dans la plaie qui bat sur les étoiles
de Tchernobyl
L'oubli va et vient glaçon amer dans le bol de la rue
L'abandon déchire la nuit sans voyelles
De la tuberculose de Makhno

Le fleuve se retire en longeant les murs
Dans le mortier j'ai tracé tes lèvres et le poème y
saigne
Je perçois la douleur la brûlure sur des visages
démunis
Disparus en masques de chaux morte

La joie s'est noyée dans l'ardoise du paysage
Avec la symphonie du Donbass de Vertov
Les poches vides de l'Oukraïna Chevtchenko

L'oubli du monde brûle dans un œil de verre
Oksana en croix

L'Ukraine saigne le soleil sur la pierre immobile
De ceux dont les lèvres remuent comme des armes
Ceux dont la chair se fait galet zaporogue
Pour lesquels on ne dresse qu'une table d'absence

Les draps de l'histoire ne se changent pas
Une infusion de thé traverse les conversations
Le cheval de Troie vomit le soldat inconnu
Les frissons de la rue sentent le chien et la poudre

Tenant un rêve un morceau de terre entre mes
mains
J'ai là le passeport ukrainien
Dans la nuit russe fusillée d'éclairs et de morphine

Y-a-t-il encore une Étoile en Ukraine ?
Étoile ! Étoile !
Par mille planètes ouvertes bleues de solitude

Cette Étoile porte un nom que chante le kobzar
Oksana-barricade !
Oksana Shachko !
Oksana en croix…

Tenant un rêve un morceau de terre entre mes mains
J'ai là le passeport ukrainien
Le nom d'Oksana Shachko !

JJJROLPH
(Guyane)

Peu importe, j'aime encore

De là où je suis
Si loin de mes folies
J'écris des villes
Qui nagent dans leur sang
J'en ai marre de ce poème-pays
Bras cassés yeux crevés têtes coupées
Je ressasse toute la rage qui me fend
Tous les cris qui m'étouffent
Peu importe j'aime encore

De là où je suis
si loin du côté sombre de moi-même
j'exècre le massacre
Je plains des regards
qui ont vu traîner des paires de bras
des jambes arrachées
Des têtes sans corps croupissent
dans la boue moite de Port-au-Prince
mais peu importe j'aime encore ce pays
ce putain de pays qui a tué un père
sous des balles assassines
le père de celle que j'aime

et que j'aimerai toujours

De là où je suis
Je m'enferme contre toute forme de pluie
Sauvage ou paisible
Il y a une petite fille
Qui a demandé un jour
que je devienne son père
Comment aimer encore quand les cœurs sont
brûlés ?

Mais je décide d'aimer
Peu importe les ténèbres
Parce qu'il existe encore
Des milliers
De petites filles
Qui dorment avec des cercueils sous leur bras
De femmes clouées à la Croix des Bouquets
Et d'hommes qui refusent de mourir
Sans crier Martyr Sang

Peu importe là où je suis
Les cadavres qui courent
Les rues de mon pays
Il y aura toujours assez de cœur en moi
Pour toutes les fleurs
Sans épines pour affronter la vie

Peu importe les douleurs
J'aime ce pays malgré…

Il faut dire malgré tout quand on aime ce pays.

LYDIA PADELLEC
(France)

Le Printemps reviendra-t-il ?

Explosion de couleurs
Douleur chatoyante du magnolia
Ajoncs, jonquilles, queues-de-lièvre
Lèvres entrouvertes des pétales
Pétarade de boutons d'or
Orphelin le chêne
Enchaîné à la terre rouge -
Les hommes se battent
Déchirent, violent les chairs
Chars sauvages
Vagins creusés aux sillons de l'horreur
L'heure du trépas
Pâquerettes décapitées –
Des fillettes crient dans la nuit
Des fillettes pleurent dans le jour
Les entendez-vous ?

JOZEF LEIKERT
(Slovaquie)

Les ponts

J'ai rêvé
que toutes les armes du monde
s'étaient transformées en tas de ferraille.

On en a construit des ponts
qui nous ont permis de circuler sans entraves.

On a aussi cessé de se poser la question
    philosophique
s'il y avait d'abord le fusil
ou la balle.

Le rêve est le plus beau contact
avec un monde qui ne cesse de se quereller.

(Traduit du slovaque par Jana Boxberger)

Mosty

Snívalo sa mi,
že sa všetky zbrane sveta
zmenili na hromady železa.

Postavili z nich mosty
a poľahky sme sa všade dostali.

A prestali filozofovať,
či bola skôr puška,
alebo guľka.

Sen je najkrajší dotyk
rozhádaného sveta.

GÉRARD NOIRET
(France)

L'horaire d'été

Le long des rails, ils rient entre collègues. Les masques étouffent en partie leur angoisse. La veille, filmée en direct du ciel, la progression de la colonne militaire de 60 kilomètres a ranimé en eux la honte de Munich et la crainte d'Hiroshima. Au-dessus de la gare à une heure de Paris, le ciel hésite entre un bleu métallique, un bleu transparent et le bleu du Greco, tandis que les nuages s'apprêtent à régler la question.

ANAS ALAÏLI
(Palestine)

Des conserves éternelles

Les conserves
ont des âges différents
sur les étagères de la cuisine,
je choisis parmi elles
la plus proche de sa fin
pour faire mon repas.
Alors,
qui décide de ce que je mange
le temps ou moi ?
Mais
c'est un exploit tout de même
d'ouvrir une boîte d'aubergines
au dernier jour de sa vie !
C'est ce que je me suis promis
depuis qu'à nouveau un ami est mort
il y a quelques mois :
ne pas laisser
mourir dans ma maison
ni une fourmi
ni une boîte de Houmos
ni même une lampe électrique.
Ainsi

je rends mon monde éternel
du moins
dans ma maison
et pour mes affaires personnelles !

(Traduction de l'arabe : Mohammed El Amraoui)

"معلّبات خالدة"

المعلباتُ
بأعمارٍ مختلفة
على رفّ المطبخ
أختارُ أقربهن لتاريخ انتهائها
كي أصنع طعامي.

إذن
من يحدّد وجبتي
شهيتي
أم الوقت ؟

لكن
في الأمر بطولة ما
أن أفتحَ علبة باذنجان
في آخر يوم من حياتها...

وهذا ما وعدتُ نفسي به
منذ آخر صديق مات
قبل عدة شهور:
ألا أدع شيئا يموت في بيتي
لا نملة
ولا علبة حمص
ولا حتى لمبة كهرباء.

هكذا
أصنع عالما خالدا
على الأقل
في بيتي
ولأشيائي الشخصيّة !

CLAUDINE BOHI
(France)

Quand je serai grande
je serai tuée

quand je serai grande
je serai violée

quand je serai grande
je serai morte

disait la petite fille
qui ne parlait plus

quand je serai grande
je serai abandonnée

Les enfants de la guerre
portent dans leurs bras
des chats
ou bien des poupées
les enfants de la guerre
veulent toujours sauver l'amour

Quand je serai grande
je serai soldat

quand je serai grande
je partirai me battre

disait la petite fille
qui tremblait sous les bombes

quand je serai grande
Je tuerai la mort

ÉMILE BOUTELIER
(Guyane)

La Guerre aux yeux crevés

L'ennemi n'a pas crevé mes yeux,
M'a dit le berger, loin, sur le Jourdain.
Il a fait pire : il a crevé les vôtres.

Et rien n'est pire,
qu'une guerre aux yeux crevés,
M'a dit le berger, loin, sur le Jourdain,

Car alors il nous faut dans les nuits de mitraille :
Applaudir
Les feux d'artifice

Dans le phosphore strident des hélices,
S'éblouir
D'une pluie de filantes

Et quand elles tombent sur vos enfants,
Penser :
« Les dieux sont maladroits,
Dans leurs batailles d'étoiles ».

Car si nul ne la voit couler
Une larme
Peut n'être qu'une goutte

Mais quand je lui ai dit :
« La guerre est de retour,
Sur le Dniepr, dans les eaux de l'Helmand »

Il n'a pas supporté,
Le berger, loin, sur le Jourdain,
Car il a vu

Dans mes orbites nues
Que sa guerre
Y avait disparu,

Flétrie,
Remplacée par une autre,
Fraîche comme un bouton d'obus.

L'ennemi n'a pas crevé mes yeux,
M'a dit le berger, loin, sur le Jourdain,
Il a fait pire : il a crevé les vôtres.

Et rien n'est pire,
Qu'une guerre sans témoin
M'a dit le berger, loin, sur le Jourdain,

Avant de retourner,
A ses moutons aux bêlements d'épine
Que plus aucun œil ne pleurait

DAVID DUMORTIER
(France)

Reem Samir Hassan

La Lieutenante Reem Samir Hassan
Est morte le 25 août 2015
A Al-Ghab, près de Hama,
La ville des grandes norias.

Elle portait du rouge à lèvres
Et ses yeux étaient soulignés de noir
Quand un terroriste a tiré sur elle.

Elle est morte sans aucune dette
Parce que la Syrie n'est pas endettée
Un Français qui meurt
Ne peut pas être aussi fier...
Tous les Arabes rêvent secrètement
De se marier avec une Syrienne.

La guerrière Reem Samir Hassan
S'est mariée avec son pays
Dans une robe rouge
Qu'elle a cousue elle-même,
Une dragée de fer boutonnée

A son ventre.
Les norias d'Hama tourneront
Comme elles ont toujours tourné
Et la Syrie heureuse reviendra.

En attendant la paix
Honneur à Vous
Lieutenante Reem Samir Hassan
Que personne ne Vous pleure
Qu'une autre femme Vous remplace
La guerre continue
Pour du rouge à lèvres
Pour des yeux maquillés de noir
Pour les norias d'Hama
Pour la fierté de ne rien devoir aux autres.

MING DI
(Chine)

Héritière du soleil

Je me lève à l'aube et me couche au crépuscule
Le ciel est mon lit, le vent et la pluie ma robe,
Mon nouveau moi éclôt de mon moi ancien
Mon ancien moi porte les fruits du nouveau, non liés
Je livre ma peau orange au soleil
Et l'éclat vanille de ma pupille à la lune
En chaque coin de la Terre, jour et nuit
Je sème mes ombres et récolte ma lumière.

明迪
太阳的传人

日出而作，日落而憩
天空为榻，风雨为衣
我的新，开花我的旧
我的旧结果我的新，绵绵不息
我的香草瞳孔，给月亮
我的橘子肤色，给太阳
我在地球每一个角落
日夜播种我的影，收获我的光

ALEXANDRA CRETTÉ
(Guyane)

Paix sans chapeau

Calavera perdue sur des crêtes cimetières
– avides dents plantées au cul des chiens de Kiev –
Mon ami mon frère je t'écris sans rien voir
Tous les écrans sont éteints
Il fait froid dans les yeux de ceux qui attendent
à la frontière étroite entre ici et là bas

Olga a fini par porter son fils
jusqu'à la frontière de la Pologne

Sa voix résonne mille fois
sur le répondeur de l'Ambassade

Que faire
Pour que son fils ne devienne pas soldat
Ni pour ici, ni pour ailleurs

Elle avait écrit une lettre pleine de formules, de
    politesses et de tampons
Elle écrivit une deuxième lettre – a écrit une
    troisième

– puis une quatrième ...
jusqu'à ce qu'il n'y ait plus de papier dans le bureau
désert

Calavera perdue sur des crêtes cimetières
– avides dents plantées au cul des chiens de Kiev –

Mon ami mon frère personne ne répond
Tous les réseaux sont vides
Et plus personne ne se soucie de quelle frontière
nous parlons

Olga m'a appelée une fois de plus hier soir
j'entendais les bombes sourdes au coin de sa rue
et sa voix pétrifiée par la distance
m'a dit que son fils était sauf

Mais son espoir est resté collé à la haie glacée du
jardin

Elle ne partira pas

Calavera perdue sur des crêtes cimetières
– avides dents plantées au cul des chiens de Kiev –

KONSTANTIN PLEVNES
(Macédoine)

Ode à L'Ukraine

J'ai vu en ce premier matin
du printemps 2022,
Maurice Ravel à Paris,
se promenant sur le Boulevard St Germain, près de
l'église ukrainienne du Quartier Latin,
et j'ai reconnu l'air d'une de ses compositions...
Ô Ukraine pays-frère meurtri
est-ce que nos larmes peuvent sauver
ton âme éternelle ?

Il pleut sur le buste de Chevchenko
comme il pleut des bombes sur sa terre natale
rue des Saints-Pères
J'entends le cri de cette mère
qui vient de perdre sa fille

Et l'air de « Pavane pour une Infante défunte » se
propage
entre l'Ukraine et le reste du monde
Ce monde d'une autre planète

dont Cervantes disait qu'il est un mouchoir
« *El mundo es un panuelo* »
qui a même inspiré l'imagerie musicale de Ravel
où pleurent les hommes et les femmes libres
en attendant de connaître leur terrible sort :
Quel bourreau va détruire de ses armes nucléaires
les derniers atomes de l'espoir humain
ici, maintenant et dans l'Avenir qui ne viendra
peut-être jamais ?

(Traduction Konstantin Plevnes)

Oda za Ukraina

Go vidov vo prvoto utro
na Proletta 2022
Moris Ravel vo Paris
kajsto se seta kako senka po Bulevarot
Sen Zermen vo blizinata na Ukrainskata crkva
Vo Latinskata cetvrt i kako da cuv zvuk na edna od
negovite kompozicii
O Ukraino bratska zemjo smrtonosno raneta
Dali nasite solzi mozat da ja spasat
Vecnosta na Tvojata dusa?

Vrne vrz bistata na Sevcenko
Kako sto vrnat bezmilosni bombi vrz negovata rodna
zemja

Po ulicata na Svetite Oci
Gi slusam uzasnite krikovi na edna majka
koja stotuku ja izgubila svojata kerka

I «Drevnata muzika za edna isceznata princeza» se prenesuva
megu Ukraina i ostatokot na svetot
Ovoj svet od edna druga planeta
Za koja Servantes velese deka e mala kako shamivce
«El mundo es un panielo»
Sto go inspirira muzickiot genij na Ravel
Kade sto bezutesno placat navodno slobodni mazi i zeni
Cekajki da ja doznaat vistinata za nivnata sudbina
Koj Dzelat so svoeto nuklearno oruzje ke gi unisti
poslednite atomi na coveckata nadez
Sega, ovde i vo Idninata koja mozebi nikogas nema da dojde?

SAN SEJIN
(Chine)

Des mots ou des clous

Le printemps claque des mots sur le sol
Il frappe la haute tourelle du tank
Il frappe dans les larmes de douleur du peuple

Je clouerai les mots de la guerre, des bombardements,
    de la peine, des cris et de la panique
Je les enfoncerai dans l'abîme dis-je
La neige printanière n'est plus propre
Il y a un grondement de fusils dans la neige
Il y a un flot de sang et la vie et la mort changent

Maintenant la neige tombe sur la terre
Sur le visage des adolescents, les armes sur le dos
Elle tombe sur leurs visages, sur leurs coeurs
Sur les barrages d'artillerie de l'Ukraine

Je fixerai des mots sur la terre
Qu'il n'y ait plus dans la guerre d'yeux d'enfant effrayé
de maisons brûlées, de chaussures dans la rue
de monde détruit par la mort
Combien de gens sont tombés au printemps ?

Le cri d'un bébé a déchiré le monde.
Tout cela est loin de moi. Tout cela est près.

« 词语或钉子»

春天将一些词狠狠地砸向地面
砸向一辆坦克高高的炮塔
砸向人们悲痛的泪水

我要用钉子把战争，轰炸，伤痛，死亡，惊恐，呼喊的词语紧紧
定在深渊里
我是认真的。春天的雪不再洁净
皑皑的雪地上有隆隆的炮声
有鲜血流动，有生死更迭

此刻，雪落在
那些背着武器的少年的脸上
落在他们的身上，落在他们心里
落在炮火连天的乌克兰

我要把一些词语狠狠地定在大地上
让战火中的孩子不再有惊恐的眼神
焚烧的房屋，落在大街上的鞋子
被死亡摧毁的世界
有多少人在春天倒下
婴儿的哭声撕裂了那个叫人间的地方
这一切离我很远。又离我很近

ZSUZSA A. TÚRI
(Suisse-Hongrie)

Tout ira bien

Tu verras, tout ira bien.
Mais jusque-là,
ils t'arracheront la peau encore quelques fois
et mettront du sel sur ta chair nue.
Puis ils t'exposeront au soleil.
La fumée de leurs mensonges te piquera les yeux.
Tu trébucheras sur leurs déchets.
Tout ira bien un jour.
Mais d'ici-là ils t'enfermeront dans un tonneau
et te jetteront en bas de la montagne.
Ils construiront une pyramide avec tes os brisés.
Mais, à partir de rien, on peut aller très loin.
D'en bas, on ne peut que monter.
Tout a un début mais aussi une fin :
la guerre,
les massacres.
Tu verras, tu réussiras.
Peut-être que ce ne sera pas
encore trop tard.
Même la liberté déclarée
pourra paraître crédible.

Tout ira bien.
Les bombes seront larguées.
Des maisons seront détruites.
Après cela, quelques
fleurs s'ouvriront parmi les ruines.
Tout ira bien un jour.

(Traduction Zsuzsa A. Turi)

Rendben lesz minden

Meglátod, rendben lesz minden.
De addig még lehúzzák néhányszor a bőrödet
és besózzák a húsodat.
Aztán kiraknak a napra.
Szemed csípni fogja hazugságaik füstje.
Elbotlasz a széthagyott kacataikban.
Minden rendben lesz egyszer.
Igaz, addig még hordóban löknek le
a hegyről.
Törött csontjaidat gúlába rakják.
A semmiből messzire jutsz.
A mélyből újra a magasba.
Mindennek van eleje és vége:
a háborúnak is,
az öldöklésnek is.

Egyszer megérkezel.
Talán nem is lesz még
túl késő.
Egyszer a kikiáltott szabadság is

hihetővé válhat.
Rendben lesz minden.
A bombákat ledobják.
A házakat ledöntik.
Utána a romok között virágok nyílnak.
Egyszer rendben lesz minden.

PHILIPPE TANCELIN
(France)

Urgence…

En toutes langues à toute heure de ce côté de
l'histoire
Sais-je encore souffler le cri qui s'entendra
Étrange question en ce message immortel
Urgence…1000-2000 mille ans tombent dans
l'énigme de guerre
GAZA, CHATILA, ALEP, BAGDAD,
MARIOUPOL, KIEV… AILLEURS
auprès de la blessure
le long de vos mains devant l'inquiétude
Urgence…
Le verbe ment, se fait passeur de sang,
Une insondable nuit poursuit les mots trahis
jusque sur l'horizon de la ligne de mire Urgence…
Un étrange soleil accompagne les frontières
où courent des êtres sous le choc des balles
l'éclat des miroirs… l'image d'une main qui
s'enterre ou se sauve
Urgence…
devant cette incapacité à devenir malgré les ruines,
entre la pierre et la nausée…

le silence qui fait procession-profession d'espoir..
maintenant sur les lèvres en cendres
Urgence…
arrêter suspendre la chute du ciel entre les branches.

Sur une plage de cristal, un vaisseau vient porter
    l'esprit vagabond d'une paix peut-être…
Une nudité de partisans demande l'œuvre de
    l'Homme
pour le miel du maquis
Urgence… urgence des faces…. nos faces d'Homme
    après l'Homme oublié
Un éclair commence une chasse lointaine
Il relie la nuit lépreuse au rêve d'un autre jour

    libéré de l'impasse capricieuse,

    qui accueille le hurlement du vide
Urgence…
contre la parole désincarnée
le concert des anges évadés au seuil des choses

Nos faces… faces …. faces d'Homme
                                        sans cesse retardé
                              arrêté à l'exil du droit de vivre
droit d'écrire
de parler

entendre
l'écho d'une présence

Irak, Libye Syrie, Afghanistan, Palestine, Ukraine, ailleurs…
Urgence…
des noms s'invitent invitent tous les jours
à la médiocrité où se construit un monde sans face
face.. face d'Homme

Urgence…
faire taire l'appel de la cavale noire à l'embarque des pages écrites avec le sang des heures

O sales jours dans l'indifférent lointain des temps implacables de la résignation
Jours de toujours que personne n'interrompt sans atteindre le niveau tragique de la perte de nos faces d'homme

Un enfant meurt pour avoir épousé un arbre
Son père meurt pour l'avoir planté
Sa mère meurt encore pour l'avoir conçu à l'altitude d'humanité sans escale pour le juste
Urgence…
Un enfant au silence blessé demande un jardin aveugle à ses frontières

Pourquoi tant de cruauté démettant le jour ?
Pourquoi ce ciel de ronces autour de la terre ?
Ce sourire pétrifié des armes volant l'enfance ?
Ce baiser qui ne frère plus entre les peines ?
Cette immanquable halte au carré de haine
suppliciant l'espoir ?
Urgence… urgence… urgence nos faces d'Homme
Halte aux provocations à la guerre
Urgence…
je t'appelle de face à face
mon frère mon camarade

(24 mars 2022)

MONZER MASSRI
(Syrie)

J'ai dit à Saïd
après deux verres de vodka :
(Moscou) oh Saïd
est un vaste cimetière du rêve de l'humanité J'ai vu,
j'ai entendu, j'ai touché
Et... j'ai senti
pendant mon séjour là-bas
pas plus d'une semaine
le cadavre du communisme se désintègre
et se décompose
Said ne trouve pas quoi dire
Pas pour la défense de l'Union soviétique
et du communisme
et
de son propre rêve personnel
celui qui dormait et se réveillait avec toutes
les années de sa vie gâchée dans les prisons
nationales
et les exils lointains
Seulement :
« Qu'est-ce que tu m'as dit, Monzer ? C'est le cas
des grandes capitales dans tous les pays du
monde. »

/
« Ce n'est pas vrai, répondis-je sans m'attarder
Pas vrai
que toutes les capitales des pays du monde sont
comme ça,
Moi celui qui ne connais dans ma vie
Qu'une seule capitale
Sa corruption égale Moscou et Varsovie ensemble...
»
Cependant, je continue en disant :
« Et même si c'est vrai
dans tel ou tel pays
Il est nécessaire pour Moscou en particulier
de fournir le meilleur modèle
Laisse-moi te dire
Ce que le professeur Balsarick
Mon professeur à l'Institut Oskar Lange à Varsovie
m'a dit :
« Un tel système ne pourrait pas avec des jambes
aussi faibles soulever son corps massif
et flasque
pour de bon
Et sa chute foudroyante est juste une
question de temps. »
/
Je lui dis :
Si j'étais toi, ô Saïd

Je ferais un film qui s'appellerait :
« Le vrai Moscou »
Il ne serait ni politique ni idéologique
Il s'agit de la nature de la vie dans cette
moisissure des marais
Qu'est-ce qui flotte à sa surface ?
de chagrins et de déceptions
Tu serais un témoin vivant de la ruine du rêve
communiste
aux mains de ces momies vivantes.
/
Saïd a ri
car il sait qu'est absolument vrai
ce qu'il a essayé de se cacher à lui-même
Puis il regarde Daniel et dit :
« Comme si tout ce qui nous manquait dans ce
monde c'était un poète naïf
qui vient
et qui nous apprend la politique. »

(Traduit de l'arabe par Maram al-Masri)

JOTAMARIO ARBELÁEZ
(Colombie)

Après la guerre

Un jour
après la guerre
s'il y a la guerre
et si après la guerre il y a un jour
je te prendrai dans mes bras
un jour après la guerre
s'il y a la guerre
si après la guerre il y a un jour
Si après la guerre j'ai des bras
je te ferai l'amour avec amour
un jour après la guerre
s'il y a la guerre
si après la guerre il y a un jour
si après la guerre il y a l'amour
et s'il y a avec quoi faire l'amour

(Traduction Francis Combes)

Después de la guerra

un día
después de la guerra
si hay guerra
si después de la guerra hay un día
te tomaré en mis brazos
un día después de la guerra
si hay guerra
si después de la guerra hay un día
si después de la guerra tengo brazos
y te haré con amor el amor
un día después de la guerra
si hay guerra
si después de la guerra hay un día
si después de la guerra hay amor
y si hay con qué hacer el amor

Cali, 1964

AMAR MERIECH
(Algérie)

Invitation à la fête perpétuelle

Ô généraux du monde
La vérité. Je vous dis la vérité
Pas d'avenir à la guerre
Aucune utilité à l'élaboration d'une armée
Trop de temps a passé
Nous ne vous donnerons point le droit
D'être hostile à l'humanité
Puisque nous n'avons pas d'ennemis
Puisque nous n'avons pas encore perdu nos âmes.
Et nous avons cherché dans toutes les langues du
monde
Le sens de « ennemi »
Et nous n'avons pas trouvé
Les gens sont victimes de la méfiance
Et cela se confirme sans arrêt.
La vérité. Je vous dis la vérité
Tout l'armement du monde ne tuera pas un rêve nain
Le rêve vient du futur
Quant à la guerre elle va toujours au devant de la
régression
La vérité. je vous dis la vérité

Nous qui sommes désarmés même de méchantes
paroles
Nous aimons ce monde de toutes nos forces
Et nous apprêtons des volcans de joie
Nous préparons la fête perpétuelle
Des fleurs sans cesse en éclosion
Et des oiseaux chantant tout le temps
Et des amoureux qui en se séparant ne se séparaient
pas
Le passé est devenu un abîme
Et ne restait que le mythe qui se répète.

La vérité. Je vous dis la vérité
Nous nous lamentons sur votre malheur
Nous n'acceptons pas que vous disparaissiez l'un
après l'autre
Quand vous vous apercevriez que vous n'avez aucun
rôle
Nous ne vous interdisons pas vos désirs révolus
Et nous vous offrons des fleurs
Et des verres même.
Puisque nous avons le temps
Larguez les insignes du meurtre
Et venez avec nous à la fête.

دعوة للعرس الدائم

يَا جنِرَالاتِ العَالِم
الحقَّ الحِقَّ أَقول لَكمْ
لاَ مُستقبَلَ لِلحَرْب
فلاَ جَدْوَى مِنْ إعدادِ الجَيش
لقدْ فاتَ الوقتُ كثيرًا

لنْ نَمنَحكم حقَّ مُعادَاةِ البَشرِيَّة
ما دُمْنَا لاَ نَملكُ أعداء
ما دُمْنَا لمْ نخسرِ أَنفسَنا بعد

وَ نحنُ بحثنَا في كلِّ لُغاتِ العَالم
عنْ مَعنى الأعداء
فلمْ نعثرْ
النَّاسُ ضَحايَا سُوء الظَّنِ
و هذا يتأكد باستِمرَار

الحقَّ الحقَّ أقولُ لكمْ
كلُ سلاحِ العَالمِ لنْ يقتلَ حُلمًا قزْما
فالحلمُ يجيء مِنَ المستقبَل
أمَّا الحربُ فتمضِي أبدًا للخَلف

الحقَّ الحقَّ أقولُ لكُم
نحنُ العُزَّلُ حتى مِنْ كَلماتِ السُّوء
نحبُّ الكونَ بكلِ قوانا
و نُعدُّ بَراكينَ الأفراحِ
نهيئ للعرسِ الدَّائمِ
أزهارٌ تَتفتّحُ باستِمرارْ
و طيورٌ تشدو طولَ الوقتْ
و عُشاقٌ لا يَفترقونَ إذا إفْترَقُوا
صارَ الماضِي هاويةْ
لم يبقَ سوَى وَهمِ المَاضِي يتردَّد

الحقَّ الحقَّ أقولُ لكم
كل سلاحِ العَالمِ لنْ يقتلَ حُلمًا قزْما
فالحلمُ يجيءُ مِنَ المستقبَل
أمَّا الحربُ فتمضِي أبدًا للخَلف

الحقَّ الحقَّ أقولُ لكُم
نحنُ العُزّلُ حتى مِنْ كَلماتِ السُّوء
نحبُّ الكونَ بكلِ قوانا
و نُعِدُّ بَراكينَ الأفراحِ
نهيئُ للعرسِ الدَّائم
أزهارٌ تتفتحُ باستمرارْ
و طيورٌ تشدو طولَ الوقت
و عُشاقٌ لا يَفترقونَ إذا إفترَقُوا
صارَ الماضِي هاوية
لم يبقَ سوى وَهمِ الماضِي يتردَّد

الحقَّ الحقَّ أقولُ لكم
إنَّا نرثِي لتعَاستكُم
لا نرْضَى أن تنقرضُوا الواحدَ تلوَ الآخر
إذْ تكتشفونَ بأنْ لا دورَ لكُم
لن نحرمكمْ شهواتٍ باليةً
و سَنهديكم أزهارا
و كؤوسًا حتى
ما دامَ هنالك وقتٌ
ألقوا أوسمَةَ القتل
و هيَّا معنَا للعُرس

SOTIRIOS PASTAKAS
(Grèce)

Sarajevo (extrait)

à Raffaella Marzano

.... car la poésie est toujours
le pari de celui-là qui parvient à dérober
à l'absurde la raison de son existence,
la désarmer, nous la rendre indolore.
La poésie est toujours le KO final, l'aphasie,
le deuil, le manque d'égards du destin,
et elle a le nez cassé de Paul Polansky.
Tous les poètes sont des boxeurs même s'ils sont des
gosses
dans leur vie quotidienne même s'ils ne savent pas
conduire
ou réparer une lampe ou planter un clou pour
accrocher un cadre
au mur ; ils tremblent pourtant comme les feuilles
du bouleau
quand tire la Kalachnikov car les poètes
laissent toutes les langues du monde les lécher
au point que la mort n'a plus
aucun pouvoir sur eux, puisque la mort
n'a pas de ponts faits de mots, les poèmes
n'arpentent pas les ponts de la mort...

Sarajevo

…γιατί η ποίηση είναι πάντα
το στοίχημα του ενός που καταφέρνει να κλέψει
απ' το παράλογο την αιτία της ύπαρξής του,
να το αφοπλίσει, να μας το καταστήσει ανώδυνο.
Η ποίηση είναι πάντα το τελειωτικό νοκ-άουτ
στην αφασία, το πένθος, την αβουλία της μοίρας,
έχει τη σπασμένη μύτη του Paul Polansky.
Όλοι οι ποιητές είναι μποξέρ κι ας είναι λαπάδες
στην καθημερινή ζωή κι ας μην ξέρουν να οδηγούν
να βάλουν μια λάμπα ή να καρφώσουν ένα κάδρο
στον τοίχο κι ας τρέμουν σαν τα φύλλα της σημύδας
στις ριπές των καλάσνικοφ, γιατί οι ποιητές
αφήνουν να τους γλύφουν όλες οι γλώσσες του
    κόσμου
ως το σημείο που ο θάνατος να μην έχει
καμία εξουσία επάνω τους, γιατί ο θάνατος
δεν έχει γέφυρες από λέξεις, στις γέφυρές του
δεν περπατάνε ποιήματα….

ANDY CROFT
(Angleterre)

Quand les étoiles emplissent les cieux assombris

> « On a entendu des cris à Rama, Des pleurs et de grandes lamentations : Rachel pleure ses enfants, Et n'a pas voulu être consolée, Parce qu'ils ne sont plus. »
> Matthieu 2:17-18

La mère

Ils sont venus portant l'épée et la bombe à fragmentation
À la lumière des lances dans la nuit d'Hérode,
Ils ont avancé avec mousquet, fifre et tambour,
Drone de combat et lunette de visée.
Mais depuis qu'ils sont repartis dans le train noir de la mort
Ma fille qui dort ne se réveille plus.
Do-do, l'enfant do, do-do

Le père

Je l'ai vu ramper quand il était petit,
Et quand il apprenait à marcher,
Je l'ai rattrapé à chaque fois qu'il tombait
Je lui ai appris à rouler à bicyclette.
Aujourd'hui je l'ai vu essayer de courir

Pour échapper aux fusils des soldats de Pharaon
Do-do, l'enfant do, do-do

Le soldat
Ils nous ont dit que vous n'étiez pas comme nous,
Que ce ciel était notre bien
Nos chefs nous ont donné notre mission :
Vous abattre dans votre sommeil comme des
moutons.
Vos fils et vos filles devaient mourir
Pour que nous puissions nous approprier ce ciel
vide et muet.
Do-do, l'enfant do, do-do

La mère
Les étoiles tournent toujours autour de la Terre
Et les marées lessivent la plage de galets
La lune grosse doit enfanter encore,
Les neiges ont cédé au dégel.
Mais depuis que la pluie de missiles est tombée,
Les saisons de mon cœur ont cessé de tourner.
Do-do, l'enfant do, do-do

Le père
La mort ne sait pas chanter. Elle n'a pas de voix.
Mes filles n'ont jamais entendu le drone
Qui a transformé leur école en un domaine

De flammes à la langue nouée et de pierres muettes.
Et j'entends dorénavant dans mon esprit non-dit
Le silence rugissant des morts transis.
Do-do, l'enfant do, do-do

Le soldat
Le prix est à payer en sang de bébé
Pour changer le métal vulgaire en or,
Et quoique la paie ne soit jamais bonne,
Un soldat fait ce qu'on lui dit de faire.
La mort de vos enfants est justifiée
Car elle comble de Pharaon la bourse et la fierté.
Do-do, l'enfant do, do-do

La mère
Je l'ai reconnu à son soulier,
La paire en cuir que son père lui avait confectionnée
Quand il avait presque deux ans.
Les seuls souliers qu'il a jamais eus –
Car Hérode l'a mis en pièces
Et ce soulier est tout ce qui reste de lui.
Do-do, l'enfant do, do-do

Le père
Sa naissance fut éprouvante.
Chaque nuit, chaque jour,
Il lutta pour venir au monde ;

À l'école il apprit à jouer
De ses poings comme souvent font les gamins
Mais quand les soldats sont venus cette nuit-là,
Il a tourné le dos, quittant ce monde sans combat.
Do-do, l'enfant do, do-do

Le soldat
Les ordres étaient de brûler ces champs
Et de raser leurs maisons ;
Nous avons empoisonné tous les puits du village,
Abattu les vergers de pommiers.
Mais s'ils nous ont promis la terre,
Ils ne nous ont jamais dit ce que ce monde valait.
Do-do, l'enfant do, do-do

La mère
Épluche les peaux d'oignon de la douleur
Et il ne reste rien sinon des larmes vides,
Trancher au couteau ce chagrin
Et tout ce qui me reste sont des années stériles
Sans l'enfant qui caressait naguère
Le tambour souffrant de mon sein creux.
Do-do, l'enfant do, do-do

Le père
Nous avons porté le fardeau de nos amours
Par le sable brûlant et par les neiges,

Par les bois de bouleaux et les oliveraies,
Jusqu'où poussent les chardons-marie,
Et nous avons déposé nos soucis
Sur cette terre ingrate et étrangère.
Do-do, l'enfant do, do-do

Le soldat
Ils ont forgé nos armes dans la chaleur
Des débats et des mensonges mesurés,
Des feux alimentés de haine murmurée,
Ils frappaient chaque lame d'éloges affûtés ;
Alors ne me demandez pas pour quelle noble cause
Sont morts ces enfants – car ces guerres sont les
vôtres.
Do-do, l'enfant do, do-do

Tous ensemble
Les fleuves se jettent dans la mer,
Dans le ciel le soleil toujours se lève,
Et toujours Hérode enragé décrète
Ce midi assombri où meurent les bébés.
Do-do, l'enfant do, do-do

Si tous les empires justifient
Que les enfants périssent dans leurs guerres
Par des drapeaux, des tambours et des mensonges
trompétés

Leur cause n'est jamais la nôtre ni la vôtre.
Do-do, l'enfant do, do-do
Les morts se moquent des castes et de la parentèle
Dont les arguments demeurent inexprimés
Et la mort ne connaît ni foi ni peau.
Les vivants ne peuvent séparer les morts.
Do-do, l'enfant do, do-do

Si nous échouons à faire de la terre un lieu
Où élever nos enfants en plein soleil,
La monnaie à l'effigie d'Hérode
En fera une fosse commune.
Do-do, l'enfant do, do-do
Do-do, l'enfant do, do-do

(Traduction Alexis Bernaut)

AYMEN HACEN
(Tunisie)

Hé dites vous qui de tout tout savez
Que préférez-vous la tête ou les pieds ?
Ni le vent ni le froid ni le mauvais temps
Ni la famine pas même le sang
N'ont à ce qui semble sur vous de l'effet
Sachez que l'eau jamais ne sera sang
Ni que la tempête ne taira le chant
Sachez que l'on sait tout de vos méfaits
Que si l'heure est encore contretemps
Cela ne sera jamais pour longtemps
Vous sévissez pensant vos tours parfaits
Vous souriez et vos simagrées sont
Nos hontes nos crispations et poisons
Hé dites vous qui de tout tout croyez
Savoir ou vouloir ou pouvoir oyez
Nous sommes preux avec tous les vrais pieux
Vagabonds et méchants aux coups bien copieux
Avec les traîtres les lâches les fous
Faisant de la foi folie et marabout
Sachez que nous sommes vos garde-fous
Et que des assassins nous sommes l'embout

(Dans *Tunisité*, suivi de *Chroniques du sang calciné et autres poèmes*, Fédérop, Gardonne 2015. Prix Roger Kowalski des Lycéens de la ville de Lyon, 2017.)

أنتم قولوا أنتم يا من تدّعون معرفة كلّ شيء
ماذا تفضّلون الرّأس أم القدمين؟
لا الرّياحُ ولا البردُ ولا الزّمهرير
ولا الجوع ولا الدّم حتّى
لا تأثيرَ لها عليكم
أبدًا الماء لن يكون دمًا
ولا العاصفة ستُسْكتُ النّشيد
ولتعلموا أنّنا نعرفُ كلّ شيء عن آثامكم
وإن لم يَحِنِ الوقتُ بعد
فلن يستمرّ ذلك إلى الأبد
تُواصلون مساوئكم ظانّين أفعالكم مثاليّة
أنتم تبتسمون وتمثيليّاتكم
عَارُنا وتَوَتّرَاتُنا وسُمُومُنَا
أنتم قولوا أنتم يا من تدّعون ادّعاءَ
المعرفة أو الإرادة أو القدرة اسمعوا وعوا
نَحْنُ طيّبون مع كلّ الطيّبين
أشرار سيّئون مع الخونة الجبناء والحمقى
الّذين يصنعون الجنون وبالدّين يتاجرون
هؤلاء ضرباتنا نهديهم بكلّ سخاء
اعلموا أنّنا مَنْ نَحْرُسُ أرض الله
من القتلة الحشاشين وتلك حدود الله

أيمن حسن
"تونسة"، تليها "يوميّات الدمّ المتكلّس"،
تقديم أدونيس،
الأردن، منشورات خطوط وظلال، 2022.

FRANCIS COMBES
(France)

Prière pour la paix

La paix… ce qu'elle nous dit tout bas à l'oreille,
l'amour des choses les plus simples, la vie
La paix, profane litanie des merveilles :
le verre d'eau, la fleur, le soleil, ton sourire
le murmure de la mer quand elle touche terre
son baiser, le tien, le ciel à fleur de peau...

La paix… si calme qu'on l'oublie d'ordinaire
quand on se réveille et qu'il fait encore beau
La paix où il passe parfois un nuage
sur nos jeux, nos fragiles châteaux de sable
nos yeux guettant toujours un monde plus sage
nos rêves édifices insaisissables

La paix… ces orages que les mots conjurent
La paix… notre refus de désespérer,
malgré les guerres, barbaries et tortures,
de notre avenir et de l' humanité
qui devra atteindre l'âge de raison
l'âge des enfants qui jouent sans se tuer.

VAUGHAN RAPATAHANA
(Aotearoa - Nouvelle Zélande)

Un seul mot

Dans un monde plein de politiciens fous
Dans un monde plein de déshérités
Dans un monde de réchauffement global
Espoir est le mot

Dans un monde de tant de guerres
Dans un monde de cupidité et de corruption
Dans un monde d'extinction des animaux
Espoir est le mot

Espoir est le seul mot
Espoir est le mot
Espoir

(Traduit de l'anglais par Francis Combes)

Tahi kupu anake

i roto i he ao ki nui ngā kaitōrangapū pōrangi
i roto i he ao ki nui ngā tangata rawakore
i roto i he ao whakamahana o te ao
ko tūmanako te kupu.
i roto i he ao ki nui ngā pakanga
i roto i he ao o whakakonuka me apo
i roto i he ao ki te mate ā-moa o ngā kararehe
ko tūmanako te kupu.

ko tūmanako te kupu anake
ko tūmanako te kupu
ko tūmanako.

DENIS POURAWA
(Nouvelle-Calédonie – Kanaky)

Poème pour la paix

Dans mon poème
Il fait chaud
un sang rouge coule
rosé
un sourire
léger
en goutte d'espoir
je lève
mon verre
je trinque à la vie
aux rêves
insoumis
qui sur le sol brûlent
se craquèlent et se fissurent
caressés par le vent
des enfants qui courent nus
dans l'innocence
d'ici
cette oeuvre
à l'horizon
qui monte au ciel
avec peine
en paix

en douce mélodie
qui garde ouverte la voile
navire d'heureux voyageurs
là
je suis
avec toi
ma peine
mon cœur
mon amour
les jours
les nuits
ce crispent
les rires
la vie
sur un morceau de soleil
déposé dans nos mains
celles qui aiment
qui se souviennent
reprends-là
en toi
et danse avec moi
encore et
une fois
la terre et les étoiles
ensemble
deux fois et
même séparés

la lune et le soleil
plusieurs fois et
même après la mort
rien et pourtant nous
tout
on chante
pour la paix
on chante
contre la guerre
on chante
pour la paix
on chante
contre la haine
on garde
les pas
venus de l'aube
sautillant de joie dans les flaques d'eau après la pluie
Tchik ! Tchap ! Tchap !
Tchik ! Tchap ! Tchap !
c'est la terre qui répète que
même la défaite
même l'humiliation
ne peuvent éteindre
l'âme
du
poème
d'amour

Version en langue Xârâcùù :

Xuu kêrêtèpe tiwâ tä

Töwâ kêrêtèpe rè nâ
mêgi xwi
chaa mâda mîâ nä jö
è këù
chaa kèè-mwârâ
amêbö
ngê xwânârâ è xwêê ngê pwâkwé
nâ nâwitoa
vèèë rè nâ
mê nâ xapwèi muru
mê ùmètùkii
döu, siè xwââpâge rè ri
ri nä kê tö nêdöö
ri kêburu nä ri mêdia
nä kwâdè néé fè ri
pa xûûchî ri pûxûrû pitèèri
siè xwânârâ rè ri
kè a
xwâsu a
ti ùnûrè kwétaa
rè péré ti nèxööa
kèrè kwèti
mê tä
ngê chaa xuu kêrêsöö
è wînâ nôô-rè mè rè cûû

chaa kwâ è céé ngê pa afädë wâ-ri xöru
tö a
gu jia, nâ nöö
wéröö
kèrè kwèti
pèxa rè nâ
êrêxörii rè nâ
daa wânîî
mô wânîî
ri baraxwicara
kèè-mwârâ
mê muru
êrêê chaabwèrè kâmîâ
è mètù tö nènââxê rè nîî
mîrî bwa ri xwèrii
mîrî bwa ri nârâpârî
pè mwêgé è
wéröö
nä kwé wérè nâ
kwé mwêgé
chaapu
nêdöö mê chuèmè
ru döchaa
pôôru bare na
ê fapùnyî tara ru
mwéa mê kâmîâ
ê pôônîî xwi wâ
ê xwi nû nêdee kèè-mè
nä siè döu, îrî mîî jia

döu xêêdi
îrî xô
pèmê rè tä
îrî xô
xasîî rè xwâpia
îrî xô
pèmê rè tä
îrî xô
xasîî rè saa
îrî xërù chavaa
mîî xwâpa bwa
ri fädê mèchéé
mîrî bwa ri cîîtoa ngê ooro tö nèbè kwé nêdee kwiè
Tchik ! Tchap !
Tchik ! Tchap ! Tchap !
nêdöö niè è chétoa mwêgé mè
kèè-sii ngûgwéré
mê kèè-sii pèèmêséé
ru sii famè
pènêêmuru
rè
kêrêtèpe
rè chaa êrêxörii.

Annick Kasovimoin, traductrice Xârâcùù.
(Le Xârâcùù est l'une des 28 langues kanak parlées de Kanaky. C'est la langue maternelle du poète et des deux plus grands personnages de la résistance kanak. L'insoumis de la première révolte kanak contre la colonisation en 1878, le grand chef de guerre Ataï, et le Combattant de la Liberté, Éloi Machoro.)

RATI SAXENA
(Inde)

Elle tricote le dernier point
sur les chaussettes de son petit-fils

Tandis qu'une boule de feu
tombe sur la maternité

Sur l'écran
dans un monceau de chair

un petit pied

Mais sans chaussette

(Traduit de l'anglais par Francis Combes)

En hindi :

वह मोजे में आख़िरी फन्दे डाल रही है
अपने होने वाले पोते के लिए

तभी गिरता है आग का एक गोला

प्रसूति घर पर

कैमरे का लैंस

मांस के लौथड़ों में साबुत दिखाता है

केवल एक नन्हा सा पांव

मोजे के बिना

HAFID GAFAÏTI
(Algérie)

la prochaine guerre

I

dialogue
ou brisure
entre le revers
et soi

quiconque
détruit la maison
de l'autre
brûle sa demeure

II

halte dans la fêlure du temps
les hommes n'apprendront jamais

la trêve qui prépare la prochaine guerre
n'apportera rien à l'aube de la fraternité

chaque mère qui hurle ramasse un cadavre
tout peuple qui tue renie son destin

VARJA BALŽALORSKY ANTIĆ
(Slovénie)

Le chapeau de Véra Réviakina B.

Ékatérinoslav, 1919
aujourd'hui Dnipro

je l'ai oublié, tout simplement oublié,
il est resté là-bas, dans la salle d'attente,
le contrôleur l'aura sans doute ramassé, ou encore le conducteur,
en rentrant chez lui, le soir,
il l'aura rapporté à sa femme en guise de cadeau, je vois d'ici la jeune femme, les sourcils froncés,
palper quelque chose à l'intérieur et rester bouche bée
voyant scintiller les petites pierres, combien de bouches aura-t-elle nourri
des mois durant, des années entières, grâce à ces larmes limpides,
cousues sous le rebord du chapeau, non, impossible de prendre
ce train, et quand Liodik, furieux, m'entraîna hors de la gare,
Véra Réviakina, tu as perdu la tête, nos vies sont en jeu, je ne veux plus entendre

tes lubies prémonitoires, j'ai oublié de le reprendre, il est resté sur le banc,
je ne voulais pas monter, il n'y en aura pas d'autre, c'est le dernier, disaient-ils,
la vision qui m'envahit, quelques minutes avant qu'il ne quitte la gare,
fut d'une clarté saisissante, tout en couleurs, pas comme les autres,
je fus prise de malaise, de vertige, puis l'image flottante explosa,
flammes multicolores, nuage de plomb, puis, silence crépitant,
je nous ai sauvé la vie, à Volodia, à Georgik dans mon ventre et à moi-même,
la petite Zoya de deux ans confiée à mes parents, on reviendra avant le printemps prochain,
voulait-on croire, la chasse aux menchéviques aura sûrement cessé, ce petit être chétif,
elle sera mieux chez Filipp Gavrilovitch et Nastassia Vladimirovna,
c'était un guet-apens, la dynamite a explosé un quart d'heure
après le départ, selon les journaux,
le chapeau qui devait nous nourrir,
le chapeau de vie, je l'ai laissé là-bas,
quand j'ai eu cette révélation et forcé Liodik à rater le train,

et de retour à la gare aux toutes premières heures, le lendemain,
j'ai remarqué dans la salle d'attente, parmi la foule,
un garçon enveloppé dans une couverture de laine,
passager clandestin, a-t-on su,
rendu sourd et muet par l'explosion,
son regard m'a projetée au tréfonds de l'avenir,
dans la surdité du siècle.

(Traduit par Marie Michaud)

Klobuk Vere Revjakine B.

Katarinoslav, današnji Dnipro, 1919

pozabila sem ga, preprosto pozabila,
ostal je tam, v čakalnici,
mogoče ga je pobral sprevodnik, mogoče strojevodja,
ko se je zvečer vračal domov,
ga odnesel ženi, kakšen dar, zamišljam si jo, zgubano mlado žensko
kako je ostala odprtih ust, ko je zatipala, da je nekaj notri,
drobni kamenčki so se zasvetlikali, koliko ust je lahko
še dolge mesece, cela leta, hranila s temi izmitimi solzami,

všitimi v obod klobuka, ne nisem mogla, enostavno nisem mogla
na tisti vlak, in ko me je Lodik besno odvlekel s postaje,
Vera Revjakina, znorela si, za življenje gre, ne bom več poslušal
tvojih spiritističnih muh, sem ga pozabila vzeti, ostal je na klopi
nisem hotela vstopiti, nepreklicno zadnji je, so rekli,
videnje, ki sem ga doživela nekaj minut, preden je odpeljal s postaje,
je bilo do obisti natančno, prikazano v barvah, drugače kot navadno,
postalo mi je slabo, omotica in nato celotna gibljiva slika razstrela,
veliko ognjenih odtenkov, svinčena plahta dima in nato prasketajoča tišina,
rešila sem nas, Volodjo, Žoržika v trebuhu in sebe,
dveletno Zojo sva pustila pri starših, vrneva se do naslednje pomladi,
sva se bodrila, ko bo gonja za menševiki gotovo že mimo, bolehen drobižek je,
naj ostane pri Filipu Gavriloviču in Nastasiji Vladimirovni,
zaseda je bila, dinamit je eksplodiral četrt ure
po odhodu s postaje, so poročali časniki,
klobuk, iz katerega bi imela jesti,

klobuk za življenje, pa sem pustila tam,
potem ko sem prišla k zavesti in Lodika prisililа, da se ne vkrcava,
in ko sva se naslednjega jutra navsezgodaj vrnila na postajo,
mi je med množico v čakalnici padel v oči
v volneno odejo zavit fant, slepi potnik na vlaku, sva izvedela,
eksplozija mu je vzela glas in uho,
njegov pogled se mi je zaril globoko v prihodnost,
v gluhoto stoletja

MICHEL DUCASSE
(Ile Maurice)

Miss Terre

Elle est bleue et elle est ronde
Dans le cœur de nos enfants
Dans leur vérité profonde
Elle est verte forcément

Au ventre de l'univers
Lorsque berce notre enfance
De forêts et de mystères
De déserts et de silences

Eau caresse des rivières
Océan existentiel
Au-delà de nos frontières
Tous unis vers l'essentiel

De la source naturelle
A l'écho de l'infini
N'altérons pas l'aquarelle
Des saisons et de la vie

Préservons tout ce qui reste
De ces vastes étendues
Par le verbe et par le geste
Lettres tendres et mains tendues

Elle est bleue et elle est ronde
Dans le cœur de nos enfants
Dans sa vérité profonde
Terre verte Force Aimant…

FRANS DUMORTIER
alias CHARLES DUCAL
(Belgique)

Chanson de geste

Ceux qui regardent le monde en mathématiciens,
additionnent tout simplement les armes
ainsi que les guerres et les cadavres –
et envoient le résultat au roi dans son château.

Et le roi regarde le calcul en théologien,
depuis sa vocation, la volonté de Dieu,
et soustrait ce qui est dû à la foi
et constate que le résultat correspond.

Et les chevaliers chevauchent vers des pays lointains
avec des armes flambant neuf et apportent la corde
pour celui qui pour les siècles des siècles doit brûler
et les cadavres s'empilent.

Ceux qui regardent le monde en vassaux
approuvent ce que dit le héraut du roi
et voient la différence entre cadavres et cadavres,
épée et épée, l'une est courbe, l'autre droite.

Seul le bouffon qui peine à se taire
refait parfois le simple calcul
prouvant ainsi sa liberté.
Et tous les seigneurs en rient.

(Traduction Le Collectif des traducteurs de Passa Porta)

En néerlandais :

Chanson de geste

Zij die de wereld wiskundig bekijken
tellen de wapens eenvoudig op
en ook de oorlogen en de lijken -
en sturen de uitkomst naar 's konings slot.

En de koning bekijkt de som theologisch,
vanuit zijn roeping, de wil van God
en trekt af wat voor het geloof is
en ziet dat de uitkomst dan klopt.

En de ridders rijden naar verre landen
met gloednieuwe wapens en brengen de strop
voor wie eeuwig maal eeuwig moet branden
en de lijken stapelen zich op.

Zij die de wereld gehoorzaam bekijken
beamen wat ‘s konings omroeper zegt
en zien het verschil tussen lijken en lijken,
het ene zwaard krom en het andere recht.

Alleen de nar die moeilijk kan zwijgen
maakt nog wel eens de eenvoudige som
en levert daarmee het bewijs van zijn vrijheid.
En alle heren lachen daar om.

ALBERTO PEREIRA
(Portugal)

Pour George Steiner

C'est une société qui a donné des benzodiazépines à
son revolver
quand le foie voulait désencombrer les plaques
tectoniques.
Il est inutile de renvoyer les e-mails à la tragédie.
Pour obtenir une biographie sans givre
il installe un drone sur ses impulsions.
Face à l'événement, il adopte la vitesse
à laquelle les salaires prospèrent dans l'État.
L'agitation ne pensera pas dans les biceps
et les gestes trouvent l'ajustement réfléchi d'un
puzzle.
Mais si la conscience dirige les bois vers les douanes,
il empêche les neurones d'atteindre la vitesse de la
lumière.
Observer *Black Square* de Malevich
ou les pictogrammes noirs qui font graviter Rothko
vers le pressentiment du suicide.
Le rutile a besoin d'un dramaturge intérieur.
Appliquer à l'absolu la flexibilité du bambou
ou être comme l'eau qui contourne l'esclavage et le

robot.
« Les hommes et les femmes qui pensent ne sont
pas des chiens de Pavlov. »
L'impassibilité est la dichotomie du temps,
érige et décapite le dopage de l'ego.
Il apprend aux cordes vocales les jardins de
Versailles.

Le silence cultive une gorge qui se détourne de
Tchernobyl.

(Traduction Luís F. Sarmento)

En Portugais :

Para George Steiner

Era uma sociedade que dava benzodiazepinas ao seu
revólver
quando o fígado queria declamar placas tectónicas.
De nada vale remeter e-mails à tragédia.
Para conseguir uma biografia isenta de geada
instala um drone nos ímpetos.
Perante o acontecimento adopta a velocidade
a que prosperam os salários no Estado.
A inquietude não pensará nos bíceps

e os gestos encontram o ponderado encaixe de um
puzzle.
Mas se a consciência dirige o bosque para a
alfândega,
evita que os neurónios atinjam a velocidade da luz.
Observa Black Square de Malevich
ou os pictóricos negros que gravitam Rothko no
presságio do suicídio.
O rútilo precisa de um dramaturgo interior.
Aplica ao absoluto a flexibilidade do bambu
ou sê como a água que contorna a escravatura e o
robot.
«Os homens e mulheres que pensam não são cães de
Pavlov.»
Impávida é a dicotomia do tempo,
ergue e decapita o doping no ego.
Ensina às cordas vocais os Jardins de Versailles.

O silêncio cultiva uma garganta que se afasta de
Chernobyl.

SUNGRYE HAN
(Corée du Sud)

La planète ourdit quelques mensonges

Le diable est-il un homme qui trompe un autre
homme
Avec un peu de vérité mêlé au grand mensonge ?
Une parole née il y a un instant est plus légère que
le pissenlit
Une parole enterrée attend sa résurrection sur le
chemin du vent
Une parole manquante s'est défenestrée il y a
longtemps déjà

Le printemps est venu comme s'il menait l'enquête
mais ce n'est pas le vrai printemps.
Un midi où le soleil est ardent comme en plein été
Les roses en pleine floraison prennent le faux pouls
de la saison
Tandis qu'elles conçoivent une odeur de mort
Dans le cœur de la planète,
Sang frénétique tourbillonnant victime de viol
collectif tombe sur le détroit
Le ventre de la planète
Nous n'avons pas besoin d'échographie
D'une tranche étiquetée embryon

Et d'une frontière faite d'eaux
Depuis le poisson, l'amphibien, le reptile jusqu'au
mammifère
Le sceau de l'évolution
Ce faux colis des gênes
Aujourd'hui une fusillade encore quelque part sur la
planète
J'entends battre le cœur de la planète
Un embryon qui naîtrait ce jour s'en rappellerait le
son

(Traduction de la version anglaise par Alexis Bernaut)

약간의 거짓을 잉태한 혹성

약간의 사실에 큰 거짓을 섞어
사실인 것처럼 속이는 자를 악마라고 했던가

처음 태어난 언어는 민들레 솜털보다 가볍다
죽어 묻힌 언어는 바람길을 따라 부활을 기다린다
실종된 언어는 투신한 지 오래다

탐문하듯 봄은 왔지만 무늬만 봄이다
한여름처럼 태양이 이글거리는 한낮
흐드러진 장미꽃은 죽음의 냄새를 잉태한 채
계절의 거짓 맥을 짚고 있다

혹성의 심장부를 발굴하면
윤간을 거듭하며 해협을 돌아온

광폭한 피가 소용돌이친다
혹성의 자궁
초음파사진 따위는 필요 없다
태아라고 이름 붙여진
덩어리와 물의 경계선을
어류에서 양생류 파충류를 거쳐 포유류로
진화해온 그 각인을
그 유전자의 거짓 포장을

오늘 또 혹성의 어딘가에서 포화가 터졌다
혹성의 쿵쾅거리는 심장소리가 들린다

오늘 만들어진 태아는 그 소리를 기억하고 있다

KESHAB SIGDEL
(Népal)

Avec les vagues du lac Rara*

Trompant la vigilance des pins qui font sentinelle
La lune conte fleurette au lac
Et le lac lui répond
En créant des vagues ondulantes
Et clapote comme s'il répétait une danse nuptiale
Une nuit d'hiver !
La lune, comme toujours,
Poursuit sa propre course
Dans cette nuit caligineuse
Le lac voit la jeunesse renouvelée de la lune
Ses airs séducteurs
Excitent le lac
Qui libère ses vagues.
Dans la lumière de la lune
Le lac paraît énigmatique
Mon cœur écœuré
Devient plus impatient encore
Et pour pacifier les désirs inassouvis
Mon imagination plonge dans le lac.
Comme la nuit excède
Le souffle des palefreniers

S'évapore et se dissout dans le ciel
Et les chevaux qui s'avancent depuis les allées
voisines
Réveillent de leurs cloches
Les sommeils paresseux.

Des voyageurs et leurs sacs à dos
Passent la nuit sous leurs tentes sur la rive du Rara
Et attendent anxieux que le soleil se lève
Au matin,
Ils prennent leurs appareils photos
Et font un cliché
Du reflet du soleil
Sur le lac.

J'attends encore
Que la lune revienne enfin ;
Quand les oiseaux et les chevaux sont endormis
Vêtue des ténèbres de la nuit
Je m'apprête à consumer
L'excitation du lac
Qui ondule vers ses bords
Dans le clair de lune obscène !

* Le lac Rara est le plus grand et le plus profond des lacs d'eau douce de l'Himalaya du Népal.

रारामा छालहरुसत

पहरा दिइरहेका सल्लाका रुखहरुलाई छलेर
शुक्लपक्षको जून
छिल्लिन्छ तिमीसँग
र लजाएको भावमा
पानीका तहहरु बनाएर
तिमी छचल्किन्छ्यौ
शीतकालको
मनोरम नृत्य भएर ।

मानौं समयको गतीले
कम्पोज गरिरहेछ जूनको नयाँ धुन
भेट्टाउनलाई उसको त्यो लय
रात्रीको चकमन्नतामा
तिमी बगिरहन्छौ किनाराहरुसम्म
र ठोक्किएपछि किनाराहरुमा
फेरी जगाउँछौ छालहरुको अर्को नयाँ जुलुस ।

जूनको उज्यालोमा
झन् मादक देखिन्छन् ति छालहरु
त्यही भावभङ्गिले उद्वेलित भएपछि
लहडी यात्री जस्तो
तिमीलाई नै बनाउँछु
एउटा प्रेमिल गन्तव्य
र, डुबुल्की लगाउँछु
तिमीभित्र ।

रात गुज्रिएपछि
गोरेटोमा सयसहरुका सास
बाफ बनेर आकाशमै बिलाउँछन्
र छेवैवाट ओहोरदोहोर गरिरहेका घोडाहरु
घाँटीको घण्टीले जगाउँछन्
अल्छी निद्राहरु।

झोलीतुम्बा बोकी आएका यात्रुहरु
तिम्रो किनारमा बिताएपछि एउटा रात
घामको प्रतीक्षामा छट्पटाउँछन्
उज्यालो हुनासाथ हतार हतार
आफ्नो क्यामेरा उठाउँछन्
र कैद गर्छन्
धुम्म परेको आकाशमा
घामका केही छिर्काहरु।

म फेरी जून आउने
समय कुरिरहन्छु
घुप्लुक्क अँध्यारो ओढेर
चरा र घोँडाहरु सुतेपछि
जूनको अश्लिल उज्यालोमा
प्रिय रारा
तिमीसँगै निर्माण गर्न चाहान्छु
केही स्वप्निल यादहरु।

SHIRANI RAJAPAKSE
(Sri Lanka)

La vie – et ils l'ont prise

Les incendies jour après jour ont fait rage,
les cadavres empilés, la terre enflée
jusqu'à ce qu'on les jette au plus profond
des entrailles de la terre.
Et pendant tout ce temps le gaz.
Ils étaient venus en nombre de la planète entière
entassés dans des wagons.
Ils en balayèrent six millions en peu de temps.
Personne n'en avait rien à faire.
Ce n'était pas leur guerre. Pas les leurs.
Indifférents ils tournèrent le dos.
Qui cela intéressait-il, une étoile tatouée sur un bras
d'un pays étranger ?

Quarante ans plus tard dans un autre recoin
du monde son protégé ouvrit un commerce.
Il envoya ses hommes dans des camions chargés
d'explosifs, ses femmes,
des bombes en bandoulière leur barraient la poitrine
pour balayer une race de la surface de la terre.
C'était plus facile comme ça. Plus rapide aussi.
Pas besoin de construire de fours,

d'acheminer des gaz, de creuser des trous
dans la terre pour y enfouir les restes.
Il régna trente années durant,
grand maître de la haine.
Il en balaya quelques milliers
dans un petit pays.
Ses frères se détournèrent.
Ça n'avait pas d'importance. Ce n'étaient pas les leurs.
Et plusieurs autres ont aujourd'hui levé la tête,
se sont rassemblés tout autour
du monde pour poursuivre dans cette voie.
Et tout le monde s'en fiche, pourtant. Ce n'est pas leur guerre, de toute manière.

(Traduit de l'anglais par Alexis Bernaut)

Life – and They Took it Away

The fires burnt day in day out,
corpses piled high, the ground swelled
until they were thrown in deep
into the bosom of the earth.
And all the while the gas.
They came from across the globe in numbers
stuffed inside railcars.
Six million they wiped out within a short time.

No one gave a damn.
It was not their war. Not their kind.
They turned away in disinterest.
Who cared for a star tattooed on an arm
from some foreign land?

Forty years later in another corner
of the world his protégé opened up shop.
He sent out his men in trucks laden
with explosives, his women
strapped with bombs across their bosoms
to blast a race off the earth.
It was easier this way. Faster.
No need to build furnaces,
pump in the gasses, or dig holes
in the earth to throw away the remains.
For thirty years he ruled as
the grand master of hate.
Several thousand he wiped out
from a small country.
His brethren turned away.
It didn't matter. It wasn't their kind.
And now several more have lifted their heads,
they've joined together across
the world to continue this trend.
Yet no one cares. It's not their war anyway.

(Published in Fallen Leaves, 2019)

ÉRIC PIETTE
(Belgique)

tu marches seul ça sent le lilas
chancelle la nuit dans tes bras
tu es seul ça sent le lilas
l'esquisse de la lune près de toi
tu marches seul elle n'est plus là
et ça sent le lilas

HUSEIN HABASH
(Kurdistan)

La guerre !

Depuis de terrifiants visages la guerre tisse sa rancune
À chaque côté de l'amour la guerre envoie des présents de mort.

Soudain la résurrection sa bouche ouverte comme l'enfer
Soudain les crânes des enfants volent dans les airs
Soudain s'éteint le cœur de la vie

La guerre – des moteurs prédateurs rugissent son rugissement jaune
La guerre usurpe la terre et le ciel.

Dans la guerre
Soudain saigne le sang profusément
Soudain brûlent les corps
Soudain craquent les poumons
Soudain meurent les créatures

La guerre est cruauté intolérable
La guerre est ruines

La guerre est arrogance répugnante
La guerre est débauche
La guerre est aveuglement

La guerre...
La guerre...
La guerre...
La guerre est une sale idée qui croît dans les crânes
des criminels et des tyrans.

Şer!

Şer kînên xwe ji rûyên tirsnak dirêse
Şer diyariyên mirinê ji hemû aliyên evînê re dişîne.

Ji nişêkê ve vejîn bi devê vekirî, mîna dojehê dest pê
dike
Ji nişêkê ve kiloxên zarokan ber bi banî ve difirin
Ji nişêkê ve dilê jiyanê vedimire.

Şer urîna xwe ya zer, di devê motorên dev vekirî re,
derbas dike.
Şer erd û asîman binpê dike.

Di şer de
Ji nişêkê ve xwîn pir diherike

Ji nişêkê ve laş dişewitin
Ji nişêkê ve pişik diqelişin
Ji nişêkê ve candar dimirin.

Şer zordariyeke ku nayê ragirtin
Şer wêran e
Şer pozbilindiyek kirêt e
Şer bêbextî ye
Şer korbûn e...

Şer...
Şer...
Şer...
Şer ramaneke qirêj e ku di serê sûcdar û zordaran de şîn dide.

CLAUDINE BERTRAND
(Québec)

Souvenir de paix

Silhouette noire
dans le vert paysage
tu te glisses au ras du réel
comme l'éveilleur de l'Éden
pour faire surgir les mots
paix et univers
pour les conjuguer à tous les temps

Je lis ce poème réinventé
il résonne encore
sur toutes les lèvres
se mêlant aux chants et soupirs
qui refusent de se taire
pour éloigner la barbarie

En une langue familière
au parfum ensorcelant
dans des zones d'amour et de paix
ouvrant de nouveaux horizons
d'un merveilleux possible
le Veilleur et son peuple

ravive la liberté
pour sculpter une humanité plus vaste
une humanité plus équitable

MARIE-CHRISTINE MOURANCHE
(France)

Les saisons incendiées
Nous avons retrouvé
le pétale manquant
au coquelicot des blés :
les mots de l'urgence,
les mots-fièvre, les mots-fleurs,
déboulent sur les lèvres
pour la renaissance de la terre et de l'épi,
l'insurrection de la colombe et de l'olivier !

TAL NITZAN
(Israël)

Le saint faible, oublié, tendre au cœur
omis de la liste des saints dans les écritures
dont la voix n'est pas entendue
qui ne parle pas la langue
(partout où il va, il ne parle pas la langue)
dont l'aura s'est estompée
dont les pieds s'enfoncent dans la neige tachée
dont la voix n'est pas entendue
qui s'étouffe dans les volutes de fumée
qui recule, effrayé, alors que les bombes explosent
qui s'accroche à une branche brûlée par peur de
tomber
dont la voix n'est pas entendue quand il implore
pour les petits corps pour les âmes
des enfants de Marioupol.

(Traduction française : Luiz Gustavo Carvalho)

•

הַקָּדוֹשׁ הֶחָלוּשׁ הַשָּׁכוּחַ רַךְ הַלֵּבָב
שֶׁנִּשְׁמַט מִמִּנְיַן הַקְּדוֹשִׁים בַּכְּתָבִים
שֶׁקּוֹלוֹ לֹא נִשְׁמָע
שֶׁאֵינוֹ דּוֹבֵר אֶת הַשָּׂפָה
(בַּאֲשֶׁר יֶלֶד אֵינוֹ דּוֹבֵר אֶת הַשָּׂפָה)
שֶׁהִלָּתוֹ דְּהוּיָה
שֶׁרַגְלָיו שׁוֹקְעוֹת בַּשֶּׁלֶג הַמְּכֻתָּם
שֶׁקּוֹלוֹ לֹא נִשְׁמָע
שֶׁנִּשְׁנָק מִפַּקְעוֹת הֶעָשָׁן
שֶׁמֵּהֶדֶף הַנֶּפֶץ יִתְכַּוֵּץ בְּבֶהָלָה
שֶׁנִּלְפָּת בְּעָנָף מְפֻחָם פֶּן יִפֹּל
שֶׁקּוֹלוֹ לֹא נִשְׁמָע מְבַקֵּשׁ
עַל נַפְשָׁם עַל גּוּפָם הַקָּטָן
שֶׁל יַלְדֵי מַרְיוּפּוֹל.

טל ניצן

NANCY LANGE
(Québec)

le pain sur la table
l'eau dans le verre
se lever marcher
ouvrir la porte
sortir dans le jour naissant
sans la crainte d'une arme
vers soi pointée

que cela soudain cesse
et que le monde
t'abandonne
imagine

MOEZ MAJED
(Tunisie)

Puis vinrent les âges les plus rudes, les heures les plus sombres et les barbares en nombre.
Vinrent des pluies vastes et grisonnantes qui n'abreuvent point de terres ni ne lavent de souillures,
Et vinrent des fins fonds des sables stériles, des nuées d'oracles grégaires portant paroles apocryphes au rang des grandes tables de loi.

Oui, ma mère, ma sœur, mon enfant…
Vinrent en ces jours, aux seuils de nos demeures, de bien sombres présages.

« Nous faudra-t-il un jour quitter ces terres sobres ?
Livrer aux forces vives du souvenir, la poudre indigo de nos aïeux ?
Clore les paupières de nos nobles demeures et appeler nos enfants qui joueraient dans la cour ?
Puis regarder, en cheminant à travers la poussière de nos pas, la lueur entremblantée de ce que nous fûmes ?
Défaits, nous n'aurions que la mélancolie à livrer en héritage. »

Mais, en nous, résonnent encore le chant âcre de la
déraison, l'ample folie des eaux vives et l'astre
aveugle de la foi.

Quant à eux, grands concepteurs des odes funèbres
de ce monde, ils peuvent tracer sur de grandes
tables de marbre et de bronze les lignes-courbes
de nos aubes incertaines…
Ils peuvent dire que rien ne germe, sur nos terres,
qui ne soit inscrit dans les grandes colonnes de
leurs actes.

Dis-leur, toi l'enfant à naître dans nos langes…
Dis leur qu'avant eux bien des empires crurent en
l'éternité…
Bien des empires finirent engloutis dans de grandes
délivrances.

CHRISTIAN VIGUIÉ
(France)

Mes camarades donneront leurs noms
quand ils se vengeront de ma mort
Ils donneront leurs noms
à l'herbe qu'ils ont foulée
à la nuit
aux éclairs
aux bruits du soleil
qui pépient et dansent au milieu des arbres

Ils donneront leurs noms
à tout ce qui fut silence
à celui d'un secret
ou celui d'une pierre
à l'oiseau qui s'est tu
à la corde du ciel
que l'on a serrée autour de mon cou

Ils donneront leurs noms et le mien
à la poussière
à la peur
aux battements du cœur
quand il s'affole
comme une tulipe rouge

aux ombres
aux derniers nuages étonnés
ceux qui passèrent au-dessus de ma tête
à cet arbre
où été et hiver je tremble
semblable à une feuille morte.

Lepa Radić avait tout juste 17 ans. Membre des partisans yougoslaves communistes. Elle fut pendue le 8 février 1943 pour avoir pris les armes contre les nazis. À l'officier nazi qui lui proposait la vie sauve si elle acceptait de donner les noms des membres de son réseau, elle répondit calmement : « Mes camarades donneront leurs noms quand ils se vengeront de ma mort. »

DINOS SIOTIS
(Grèce)

Le poème de combat du jour

La mitrailleuse dans le petit jardin d'à côté compte
 ses
balles en vers jour et nuit, le ciel se couvre de
sabliers venant de la zone occupée, terres noires,

pavés noirs, bottes noires, pages noires sur le blanc
plateau de Dniepr, aux frontières les avions cargos
transportent des éclairages de marbre façonnés pour

une autre vie, les armes de l'envahisseur claquent
 lourdement,
le poème résiste au piétinement des chars,
il reprend courage dans les yeux effrayés des enfants,

le sol résiste, le village résiste, Kiev résiste,
le poème se réveille, se lave, se peigne, se rase, boit
son café, enfile ses godillots, se met en position de
 combat.

(Traduction du grec Marie-Laure Coulmin Koutsaftis)

Το μάχιμο ποίημα της ημέρας

Το πυροβόλο στο μικρό πλαϊνό περιβόλι τις σφαίρες
του μετρά με στίχους μέρα νύχτα, ο ουρανός γεμίζει
κλεψύδρες απ' τα κατεχόμενα, μαύρα χώματα,

μαύρα πλακάκια, μαύρες μπότες, μαύρες σελίδες στο
λευκό
οροπέδιο του Δνείπερου, στα σύνορα τα
μεταγωγικά μεταφέρουν μαρμάρινες φωταψίες
πλασμένες για

την άλλη ζωή, κροταλίζουν βαριά τα όπλα του
εισβολέα,
το ποίημα αντιστέκεται στις δρασκελιές των αρμάτων,
παίρνει κουράγιο απ' τα φοβισμένα μάτια των παιδιών,

το χώμα αντέχει, το χωριό αντέχει, το Κίεβο αντέχει,
το ποίημα ξυπνά, λούζεται, χτενίζεται, ξυρίζεται, πίνει
τον καφέ του, φορά τις αρβύλες του, παίρνει θέση
μάχης

Αθήνα, 20 Ιουνίου 2022

PIERRE COLLIN NNA
alias ANNE CILLON PÉRI
(Cameroun)

Tu m'as dit la paix

Tu m'as dit la paix
Et moi je suis venu
Je suis entré dans la valse
Éclopée des nations
Pour chanter le refrain de la belle chanson

Assis à l'endroit exact
Où la science a viré
Au drame des décombres
Nous avons attisé nos rêves
Amarrés aux ruines d'Hiroshima
Et l'extrême irréparable de Nagasaki
Tu m'as encore dit la paix
Et moi je suis venu

Nous avons sablé le champagne
Au goût phréatique de nos promesses
Nous avons construit l'idéal
En nous donnant des noms nouveaux
Moi je suis devenu une matière première
Et toi un état

Tu m'as vendu la paix
Telle une marchandise
Et comme je n'étais qu'une découverte
Tu m'as retourné à mes tragédies

Depuis lors
Tu vends la paix à guichets fermés
Tu écris la paix en série
Et souventefois en Syrie
Tu écris la paix
À Tripoli et à Bagdad
Au frontispice du fusil d'assaut
Et moi dans le désarroi de l'abîme
Où je ne suis qu'une dépouille opîme
Je l'achète
En sachant exactement à quel saint me vouer
Car la paix
La paix ne viendra réellement
Que si nous déposons les armes
Pour dialoguer en famille

Tu m'as dit la Paix
Et me revoici
Comme à 14-19
Comme à 36-45
Une colombe dans la plume
Et une rose dans l'iris

MOHAMMAD AL-AMIN
(Irak)

Guerre

Seul, je me suis porté volontaire pour traquer un rat nommé guerre
Seul, j'ai construit des postes de front pour la paix
Je suis l'écume du néant
Ses clés et ses serrures
Sur les croûtes de mon isolement glisse la nuit
Et dans un autre soupir
Mon corps s'émiette

(Traduction Maram al-Masri)

حرب
وحدي تطوعتُ لمطاردة جرذٍ اسمه الحرب
وحدي ابتنيتُ مواضع أماميّة للسلم
أنا رغوة العدم
مفاتيحه وأقفاله
على قشور عزلتي ينزلق الليل
وبآهةٍ أخرى
ينفرط جسدي.

ALAIN (GEORGES) LEDUC
(France)

« Regarde cette famille de chevaux,
écoute le bruit de leurs sabots sur le sol qui résonne.
Songe à ce geste tendre,
le naseau de la jument posé contre le jarret du poulain.
Ah ! que ne sommes-nous, toi et moi, deux chevaux !
Il y a les mouches, me direz-vous, il y a les abattoirs.
Écoute, écoute, le cheval noir qui hennit maintenant dans la nuit.
Peut-être est-ce lui qui a tué Hélène sous le volcan,
une autre nuit torride, une autre nuit semblable à celle-ci. »

Pour la paix en Europe orientale,
extrait des *Oléandres.*

Paris, 1er octobre 2022.

LIOUDMILA DIADCHENKO
(Ukraine)

Le vent change de direction et souffle pourtant.
La pluie n'est pas si abondante mais elle tombe
goutte
à goutte.
Le vieux chien ne reconnaît personne sauf moi,
Il n'est attentif qu'à l'odeur de mon Zodiac.
Combien de pas n'ont jamais foulé/piétiné ce sol ?
—
C'est que les cartes sont hagardes à cause de
l'absence
de WiFi.
Le vent souffle plus fort – et la route en est la
raison.
À cause de tout cela, te chercher est difficile.
Ta patience défaillante ne te permettra pas de
revenir
À la poussière de ton sol natal qui aiguise
Le moindre de tes désirs. (Et je n'ai pas la force
De regarder ce vieux chien dans les yeux.)

En ukrainien :

вітер міняє напрямок але дме
дощ не такий рясний але капа
все що впізна старий пес – це мене
вчувши лише аромат мого зодіака
скільки тут не топтала сліду нога? –
все через карти сплутані відсутність вай-фаю
вітер міняє силу – причина є дорога
через усе це важко тебе шукаю
не вистача терпіння вернутися в пил
кусня землі рідної яка доточить
всього що хочеш. але бракує сил
глянуть старому собаці в очі

LUCAS GUIMARAENS
(Brésil)

Chant de résistance

De la fenêtre de la maison
un millier d'oiseaux volent

un
    deux
         trois
             quatre
                    cinq
                       six
                    sept
                huit
            neuf
        dix
      onze
  douze
treize
mille

(un deux onze treize et mille).

Cinq fils branlants

juxtaposés parallèle
entre deux poteaux.

De la fenêtre de la chambre
mille oiseaux se posent
sur cinq fils détendus
aérien et électrique entre
deux postes.

Quel sera la partition ?
quelle sera la chanson ?

Avec combien d'oiseaux l'accord de paix sera-t-il fait ?

(Traduction Luís F. Sarmento)

CANÇÃO DA RESISTÊNCIA

Da janela de casa
mil pássaros voam.

um
  dois
    três
      quatro
        cinco

seis
sete
oito
nove
dez
onze
doze
treze
mil

(um dois onze treze e são mil).

Cinco fios bambos
paralelamente justapostos
entre dois postes.

Da janela do quarto
mil pássaros pousam
sobre cinco fios frouxos
aéreos e elétricos entre
dois postes.

qual será a partitura?
qual será a canção?

Com quantos pássaros se faz o acorde da paz?

MEND-OOYO GOMBOJAV
(Mongolie)

La planète Terre

La planète Terre est une pierre-sphère
Sur elle les montagnes font d'infimes excroissances
Dans ses fissures de la taille d'un doigt, l'eau se
condense
Toi comme nous les nommons océans.

De cette terre-pierre se sont formés les êtres
humains
De la terre-pierre ils ont extrait de quoi y bâtir leurs
logis
Le long de ses nervures, de ses veines a fleuri
l'univers de la vie
Égaux l'un à l'autre la fourmi rayée comme l'être
humain s'y sont établis.

Divisés en tribus, en clans, avides de butin, ils se
sont fait la guerre
Quelques siècles plus tard il n'en reste que tas de
pierre
Les êtres humains les ont nommés empreintes de
l'histoire
On en collecte les fragments, estimés à des milliers

de livres
À la piétiner, à la décaper, à la mettre à sac, nous
sommes six milliards,
La planète Terre est une pierre-sphère

(Traduction Raphaël Blanchier)

En mongol :

ДЭЛХИЙН БӨМБӨРЦӨГ ГЭДЭГ ЧИНЬ

Дэлхийн бөмбөрцөг гэдэг нэг л бөөрөнхий чулуу
юм
Дээр нь орших уулс бол түүний бяцхан ургацаг юм
Чигчий дарам хонхорхойд чийг ус тунасан юм
Чи биднүүс түүнийг нь далай гэж нэрлэсэн юм.

Дэлхий гэдэг чулуунаас хүн өөрсдөө бүрэлдсэн юм
Дэлхий чулуугаа элтэлж дээр нь гэрээ барьсан юм
Атриа судлыг нь дагаад амьдын хорвоо цэцэглэсэн
юм
Алаг шоргоолж хүн хоёр адилхан энд л төвхнөсөн
юм.

Омог аймгаараа талцаж олзны төлөө дайтсан юм
Олон зууны хойно овоолсон чулуу л үлдсэн юм
Түүхийн дурсгал хэмээн түүнээ хүн нэрлэсэн юм
Түүж олсон хэлтэрхий нь түмэн лангаар үнэлэгдсэн

юм
Дэвсэлж, хөрөөдөж, онгичдог нь зургаан тэрбум
Дэлхийн бөмбөрцөг гэдэг чинь нэг л бөөрөнхий
чулуу!

2008

PIERRE VIEUGUET
(France)

J'ai pris un pas de solitude
mes amis s'épuisaient
à passer les taillis
une ville en feu
hurlait dans nos mémoires

Nous serons des taillis
une clairière
un chevreuil attentif
aux hurlements
d'une meute qui s'égare

Prends de la frontière
chaque côté du fleuve
où la terre, le ciel et l'eau
sont les mêmes

MICHEL CASSIR
(Liban-France)

Ceci n'est pas la guerre

l'herbe n'est plus celle
de Walt Whitman

seule la course
des uns et des autres
pour s'emparer de l'éphémère
réduire l'humain
à son orchestration

nulle guerre de l'ordre impérial
qu'elle vienne des quatre pôles
de la boussole ne vaut la peau
des peuples mystifiés

déserter
déserter avant que la haine
ne s'enracine
déserter

JEAN-CLAUDE MARTIN
(France)

Que le ciel est grand !... (Brillant début s'il en est !) Tête dans l'herbe, je vois des continents, des océans. Difficile d'accéder aux rivages, ils changent constamment. Sable blanc, rochers gris, la côte soudain s'ouvre pour accueillir le soleil… Hasard ? Nécessité ?... En cinq minutes, je vis des millions d'années géologiques… Au moins les habitants de ces contrées n'ont pas désir de se faire la guerre. Ils passent d'un nuage à l'autre comme des voyageurs sans Histoire.
Sur terre, la Haine a tout envahi…

CLAUDE JALLAMION
(France)

Plaine non pas morne mais
pleine de sang
de morts pourrissants
même pas détruits jusqu'à l'os
vite ensevelis
déjà oubliés   ou un à un inoubliables
Non à toutes les guerres
de la plus rudimentaire :
Tue-le celui d'en face
à la plus sophistiquée :
Tue-le celui d'en bas
(drones en triades sans parole sans pilote)

À l'aube ce cri soudain immobile
ARRÊTEZ-MOI ÇA

Et la souffrance l'angoisse la terreur
celles-là nous les reconnaîtrons toujours entre mille
dans les regards des survivants

(au petit matin du 6 janvier 2023)

ADEL KHOZAM
Émirats arabes unis
Dubaï

Quand ?

La Colombe de la Paix… Son contraire est le canon
de guerre.
Le Taureau… Son contraire, le tracteur.
L'Espoir… Son opposé, la pomme mordue.

Diriez-vous : le langage sera rénové si nous le
retournons ?
Le Maître deviendrait-il un Esclave si les mots
faisaient faillite ?
La femme, deviendrait-elle un éclair après avoir été
un arbre ?
Et toi, papa, quand deviendrai-je comme toi
Et toi, maman, quand idolâtrerai-je quelqu'un
d'autre que toi ?
Et mon visage, quand deviendra-t-il un masque
que les gens voient la part la plus pure
de ma réalité ?

متى؟

حمامةُ السلام... صار نقيضها مدفع الحرب
الثورُ.. صار نقيضه التراكتور
الأمل.. صار نقيضه: التفاحة المقضومة

ترى.. هل تتجدد اللغةِ لو قلبناها
هل يصبح السيّدِ عبداً لو أفلست معانيه
هل تصيرُ المرأةُ برقاً بعد أن كانت شجرة
وأنت يا أبي، متى أصيرُ مثلك
وأنت يا أمي، متى أعبدُ غيركِ
ووجهي، متى يصيرُ قناعاً
ليرى الناس الجزء الأنقى
من حقيقتي؟

THÓR STEFÁNSSON
Islande

La ville

Paris, octobre 2015

Esclaves des colonies,
gens des campagnes,
sujets opprimés des empereurs,
des généraux et des chefs religieux,
prisonniers de l'idéologie,
victimes de violence,
martyrs des traditions,

le futur est à vous.

Jardin du Luxembourg
(Extrait de *L'amour et la vie… et autres poèmes*,
L'Harmattan, 2017)

en islandais :

Þrælar nýlendnanna,
vinnuhjú sveitanna,
kúgaðir þegnar keisara,
herforingja og trúarleiðtoga,
fangar hugarfarsins,
fórnarlömb ofbeldis,
þolendur hefðanna,

ykkar er framtíðin.

Jardin du Luxembourg
Borgin
París, október 2015

NJÖRÐUR P. NJARÐVÍK
(Islande)

Écouter par la main

Je me réveille en sursaut
sans raison
et instinctivement je tends la main
dans le noir
vers ta chaleur

je pose le creux de la main
sur ton souffle
sous ta poitrine douce
en écoutant avec ma main

et par le toucher
ta présence respire
jusque dans mon cœur
une paix profonde
que je sens
partout

toujours

(Extrait de *Aftur til steinsins*, JPV, Reykjavík 2005)
(Traduction Thór Stefansson)

Hlusta með hendinni

Ég hrekk upp
án tilefnis
og ósjálfrátt teygi ég höndina
gegnum myrkur óttunnar
eftir yl þínum

legg lófann
á andardrátt þinn
undir mjúku brjósti
og hlusta með hendinni

og inn gegnum snertiguna
andar návist þín
inn í hjarta mitt
djúpum friði
sem ég finn
alls staðar

alltaf

(Úr Aftur til steinsins, JPV, Reykjavík 2005)

KAREL LEYVA FERRER
(Cuba)

Vitrail

Un enfant est mort sur les côtes d'Europe,
à Paso del Viento,
au Maghreb, dans les rues de Canberra,
sur les hauteurs du Pérou,
à l'extrême nord de l'île,
dans un parking de Milan, sous les balles dans des
 classes à Columbia,
égorgé à Palmira,
de faim à New Delhi,
déchiré par les mâchoires sanglantes de la guerre,
les poumons gris de smog, de colle et de cigarette.

L'enfant est mort au bord de l'oubli,
son bourreau est l'homme,
le capital, la balle, l'ignorance.
Un stupide mirage occupe l'avant-scène,
son corps est diminué,
son visage multiplié,
ses yeux crevés.

Impossible d'embrasser son anatomie,
un cristal nous le ravit
pendant que la voix d'alarme annonce que le
naufrage
est dû à un possible surpeuplement,
que sa mort dans les rues,
dans les mines d'or,
dans les sables mouvants
sous le fil vorace des couteaux
les tirs, les kilos, les pierres
est un accident regrettable
difficile à prévoir et plus fréquent qu'on ne
l'escomptait.

(Traduction Francis Combes)

Vitral

Ha muerto un niño en las costas de Europa,
en el Paso de los Vientos,
en el Magreb, las calles de Camberra,
en el alto Perú,
en el estrecho al norte de la isla,
en un parqueo de autos de Milán,
en las aulas baleadas de Columbia,
degollado en Palmira,
hambriento en Nueva Delhi,

despedazado por las sangrientas fauces de la guerra,
con los pulmones grises del smog, la pega, los cigarros.

El niño ha muerto cerca del olvido,
es su verdugo el hombre,
el capital, la bala, la ignorancia.
Un espejismo fatuo está en proscenio,
su cuerpo diminuto,
el rostro múltiple,
los ojos cercenados.

No es posible abrazar su anatomía,
un cristal nos lo aleja,
mientras la voz de alarma anuncia que el naufragio
se ha debido a un posible hacinamiento,
que su muerte en las calles,
en las minas de oro,
en las arenas movedizas,
    bajo el filo voraz de los cuchillos,
    el disparo, los kilos, las pedradas;
es un hecho casual y lamentable,
de difícil pronóstico y frecuencia mayor de la esperada.

PEDRO AFONSO
(Portugal)

De l'autre côté du monde
Nous entendons vos cris.

La traduction de votre douleur ?
Sont les échos d'une éphémère nécessité primaire
C´est la contestation sociale à cause du prix de
l'essence
C´est la couleur du blé qui se fait oublier…
Vos mots et vos morts ne percent pas les habitudes
d'un monde battu.
L'Europe ne veut pas dire à voix haute le mot :
Guerre

Le prix d'une vie ne devrait pas changer juste parce
qu'elle est inconnue.
Où et quand nous avons oublié comment vivre le
mot humanité.
Devant la mort d'un enfant, la poésie devrait faire
plus, non ?
Z ce n'est plus juste une lettre.

Do outro lado do mundo
Ouvimos os vossos gritos.

A tradução da vossa dor?
São os ecos de uma efémera primeira necessidade
É a contestação social por os preços da gasolina
É a cor do trigo que já se esquece...
As vossas palavras e os vossos mortos não penetram
    nos hábitos de um mundo abatido.
A Europa não quer dizer em voz alta a palavra:
    Guerra

O preço de uma vida não deferia ser diferente só
    porque ela é desconhecida.
Onde e quando nos esquecemos como de viver a
    palavra humanidade.
Diante a morte de uma criança a poesia devia fazer
    mais, não?
Z já não é apenas uma letra.

MAURICE CURY
(France)

Les rues pleurèrent leur misère
C'était un soir comme autrefois
Nous aurions voulu le bonheur
On nous déguisa en soldats
C'était si peu de nous donner
La paix dans les bouquets de fleurs
Dans les yeux des femmes sereines
Ils nous offrirent des décombres
Et la mort à pleines brassées
Nos tout puissants ministres de la peur
Nos anciens guerriers nostalgiques
Désiraient que nous devenions
Des tueurs et des assassins
Pour l'honneur de notre patrie
Contre les peuples opprimés
Qui désiraient leur liberté
Nous ne sommes pas des guerriers
Et pour l'amitié des chevaux
Le sourire des enfants pâles
Dans leur école en plein vent
Pour les larmes des femmes mères
Pour le pain et pour le soleil
Nous risquons de vouloir la paix

Pour que les rues puissent renaître
Derrière leurs façades noires
Nous risquons de vouloir la paix
Contre la loi des assassins
L'amour est traqué sur la terre
Pourtant ton corps vaut bien qu'on vive
Et je chemine vers la gloire dans le secret de tes
genoux.

(*Les chevaux et les jardins*, Paris, Pierre-Jean Oswald, 1958, - *Poésie complète* – Le Nouvel Athanor 2002. Poème écrit pendant la guerre d'Algérie).

IMASANGO
(Nouvelle-Calédonie)

Homme en paix

Tu avances sur les sentes à bâtir
Peau de sources à l'épaule
Pour l'arc que tu abaisses
Et que tu fixes à tes semelles de sage conquérant

Homme en paix
Tu marches à pas d'humilité conquise
Déployant les palabres sur les chemins de tolérance
Assuré de la route
La porte d'entrée face aux hectares de ta patience
La terre dit ton geste
Connaisseur des ombres que l'on évite

Homme en paix
Tu bâtis ton pays
Abreuvé à l'eau forte que te donnent les rivières
Le sel de l'océan qui conserve la chair
Tu guides les retrouvailles des frères dispersés
Tu tisses les lianes et les liens au bois solide
Quand vient l'heure de construire la case
Homme en paix

Marcheur de l'invincible
Tu es né pour donner
Pour recouvrer la force perdue
La lumière de ta Terre pansée de ses blessures
Au carrefour des âmes et paysages
Où chacun reconnaît son lignage

Homme en paix
Tu te lèves pour renaître
Le regard posé sur toutes nos différences
Tu donnes le levain au pain que l'on partage

(Dans *Parole donnée* - Éditions La main qui parle)

SONJA MANOJLOVIĆ
(Croatie)

Nos guerres

On sème des cadavres
et seuls poussent
les enfant qui vieillissent

Naši ratovi

Sijemo leševe,
a niču samo djeca
koja stare

MICHEL KHALIL HÉLAYEL
(Liban)

L'offrande de la paix

Le pain La rose
Qu'attendent-ils

La Terre est ossifiée
par les obus les barbelés

Les salves nucléaires
Les corps à tête de misère
Le rite de la terreur
Les vagues des torturés
et des douleurs
Les mines dans ses flancs
La mort qui marche à neutrons

Comment répandre
l'offrande de la paix ?

Marcher Tomber
reprendre pied
Dans une armée
qui abolit
    toutes les armées.

VICTOR BLANC
(France)

Tract

Paix ah paix
Qu'on tient entre ses mains
Comme un bol de soupe
Ébouillanté

Paix ah paix
La paix est un combat
Une bulle de savon
Un poisson pêché
Entre les mailles éventrées de nos filets

Paix ah paix
Quand donc
Belle ogive Tu as
Du sang sur les mains
Mon amour j'ai ta paume
Et ton pouls bat

Ah paix Je mettrai la guerre à
Genoux

Fuyez Soldats Spadassins Barbouzes
Qui préférez la bombe aux météores
L'argent de l'occident La morgue des colons
À un petit verre au bistro
Au monde de demain

Paix sur toi Marwan
Et l'argousin qui te frappe
Ne sait plus qu'il faut danser
Et ne sait plus ce mot qui vient sur tes lèvres
    Serpente
Ce mot pourtant qui en dit long

Paix sur toi Marwan
Paix sur chacun des fils de la Terre

(Dans *Filigrane*, éditions Manifeste, rééd. 2024)

Index des poètes

N

O

P

Achevé d'imprimer en août 2025 par

ISIPRINT
L'IMPRESSION DANS TOUTE SA DIMENSION

139 rue Rateau
93120 La Courneuve

Numéro d'impression : 202508.0050
Imprimé en France